洪範文學叢書 303

陳映真小說集3〔1967—1979〕

上班族的一日

陳映真

洪範書店 印行

目次

六月裡的玫瑰花

疲倦的月亮

門開了。像地窖一般幽暗的酒吧，便在一霎時間掠過一片白色的日光。一個又瘦又高的黑人走了進來。厚厚的門在他身後慢慢地關上了。黑人輕輕地唱著一支在他尚未走進酒吧之前就唱著的歌，摸索著走到靠近冷氣機的一張小台子。他把照像機擱在台子上，用厚厚的嘴唇從菸盒裡啄出一支長腳的香菸，點上火。他一邊噴著青煙，一邊還不住地哼著。

——莫妮達，美麗的莫妮達呵；

才十四歲，

養下又白又胖的娃娃，

……。

一個吧女走過來坐在他的身邊。黑人依舊唱著：「莫妮達，你快快樂樂，從不抱怨。」吧女看看等在一邊的僕歐，對黑人說：

「請我喝一杯，怎麼樣？」

黑人瞇著眼伸懶腰，露出一排雪白的牙齒，在黑暗中發亮。他張開嘴的時候，那一排牙齒差不多就佔滿了他下半個臉。「當然。」他說。

「威士忌蘇打。」伊對僕歐說：「你呢？」

現在他認眞地盯著伊瞧著。他的雪白的馬牙齒被厚厚的嘴唇蓋著。他的頭髮像剛剛拆下來的毛線，密密麻麻地捲著，看起來彷彿只是用漿糊貼在他的突著後腦的頭上。他有一對大大的突出的眼睛。這眼睛一本正經地瞧著伊，令伊想起故鄉的一隻操勞過度的老黃牛。

「嗨，甜姐姐。」他鍾情地說。

「我叫艾密麗・黃。」伊說：「弟兄們都叫我艾密。」

「嗨，艾密。」他說。

「人家等著你點酒咧。」伊笑著說。

「杜松子酒加冰塊。」他說。

地窖裡都是便裝的和軍裝的美國兵士。

低低的天花板裝潢得像沙發一般，而一盞盞微弱的燈嵌在上面，彷彿一朵朵疲倦的月亮。

艾密麗・黃在手提包裡找出香菸。

「好像在哪兒見過？」伊不頂眞地說。

「我可記不得了。」他露著白牙齒調侃地笑著。伊讓他點好菸。伊是懂得這個調侃的。然而伊仍舊漫不經心地讓他擰了擰伊的裸露的背。「比方說在通到你們辦公的團部的路邊。」伊說。

他開心地笑起來，瞇著他的快樂的牛眼睛。有一個喝得爛醉的胖子大聲吼著說：「我跟上帝說，這裡的娘兒們，比東京的好一千萬倍——伊們又夠味，又便宜……。」

「艾密麗，甜姐姐，」黑人說：「我們根本沒有在什麼通到團部的路上見過面。我剛剛從越南來。」

他的黑色的大手掌壓住伊的並不白皙的手。艾密麗・黃看著他的黑色的手巴掌。他的指甲像一顆顆乳褐色的小石頭，在沙灘上被溪水沖涮得好乾淨。艾密麗的威士忌蘇打和黑人的杜松子酒加冰塊端上來了。黑人伸手去接他的杯子，直接送到嘴巴喝著。他瞇著大眼睛說：

「眞口渴。」他用一隻空著的手去撫摸伊的背。「我們沒有在什麼地方碰過面。我第一次來這裡渡我的七天假。」

「噢。」伊說。他的觸力溫柔得出乎伊的意外。「不管怎樣。」伊說：「歡迎你，兵士先生。」

他們碰了杯。

「你叫我巴尼好了。」然後他軍事性地說：「合衆國陸軍第二十六軍團直屬機動連隊，上等兵巴爾奈・E・威廉斯請你跳一隻舞。」

他站起來，像一隻長腳的海蜘蛛。伊開始被這個並不漂亮的黑人士兵弄得有些開心起來。艾密麗・黃很曉得這個開心的重要性：伊們是並不常常會遇見這種令人開心的客人的。而倘若有一個這樣的客人，便會使他們忘掉伊們的職業性，而且間或也會有某一種戀愛的陶醉的快樂。音樂雖是瘋狂地快，他們倆卻逕自在角落裡慢條斯理地磨菇著。艾密麗仰著那看著就令人發酸的脖子，讓他貼著臉。他的黑色的手在伊的裸裎的並不白皙的背上揉著。伊是個健壯的女人。這只要看見伊的特別寬闊的肩背就能明白了。兩種不相同的膚色相擁抱著，便有某種色情的氣息。

「你作戰的時候很勇敢嗎？」伊說。

他用他的厚嘴找到了伊的大耳朵。他低低的說：

「關於這個，今晚你會在床上曉得的。」

伊喫喫地笑了起來。「你是個壞孩子。」艾密麗說。伊忽然看見他們的對面有一個英俊的白人軍官和一個漂亮得令人嫉妒的女人跳衝浪舞。那個白白的女人留著一頭長長的蘇西黃式的長髮。伊的舞姿像滿月下的潮汐，冰凝而激烈的。艾密麗・黃聚精會神地看著。伊從而說：

「巴尼，我要你看一個漂亮的×貨。」伊用力按住他貼著伊的頭：「不過你不許愛上她。」

黑人士兵笑了起來：「甜姐姐，我不會的。」「你發誓。」伊說。「我——發誓。」他說。然而伊的香味開始使他激動起來了。他撫摸著整個伊的裸露的背，伊推開他。他開始去看那個「漂亮的×貨」。

「噢！」他說：「排長史坦萊・伯齊！」

那個英俊的白人軍官轉過臉來張望著。「耶穌基督！」巴爾奈說：「他是個又可惡又神氣的傢伙！」

「喲荷！你這蠢驢子。」軍官看見他了：「你這蠢驢子！」他興高采烈地說。他拉著那個長頭髮的女人走了過來。「排長史坦萊。」黑人笑著說：「在這兒碰見你眞高興。」

軍官朗朗地笑了起來，露著一排健康的牙齒。他的胸膛寬闊，薄薄的嘴上留著很精神的短髭。金黃色的頭髮整齊地貼著他方型的頭顱。「你是一頭蠢驢子。」他快樂地說。他是個典型的東部世家子弟。軍官的臉不知道是日晒或醉酒而發紅，顯得精神抖擻。他神氣地凝望著一下子拘謹起來了的黑人小兵。他說：

「你曉得嗎？今天是你的偉大的日子。」他又哈哈地笑了起來。實際上，排長史坦萊・伯齊已有幾分醉意了。他壓低聲音說：「也許是你的家族歷史中最了不起的日子。」他惡戲地眨眨眼，然後提高嗓門兒說：

「先生們，安靜。安靜。」

他走向酒櫃台。「先生們，安靜。」他說，他在燈光下微笑著，像一個預備演說的年輕的參議員。這個地窖般的酒吧間於是便安靜得只剩下被轉弱的唱片聲。他說：「排長史坦萊・伯齊就地宣佈我們偉大的合衆國政府頒給上等兵巴爾奈・E・威爾斯的榮譽……。」

酒吧裡的軍人們一齊望著站在牆角的黑人士兵，看見他反抱著艾密麗出神地呆立著。醉酒的狂笑和戲謔的掌聲響了起來。

排長史坦萊用東部特有的造作的口音，宣佈黑人上等兵巴爾奈・E・威廉斯因爲殲滅了長期躲在一個村莊上的敵人之功，著令晉升軍曹。他用大學裡的演說課的姿態說：

「巴爾奈・E・威廉斯是個偉大的合衆國戰士，偉大的愛國者。他爲了我們合衆國所賴以奠立的信念，遠征沙場。當他爲了保衛並協助建立一個獨立、自由的友邦而戰之時，他已經爲我們自立國之初即深信弗移的公正、民主、自由與和平的傳統，增添了一份榮耀。」

一陣眞實的和酒醉的掌聲熱烈地響起。軍曹巴爾奈不知道在什麼時候飮泣著。

「哦，哦，耶穌基督呵，」他哭著說。「別哭罷，我的寶貝。」艾密麗高興地說，抱著他像抱著一株高過圍牆的樹。「耶穌基督喲，我多麼快樂。」他開始失聲，竟漸漸至於號啕了。

「耶穌基督呵。……」他說。

「別哭，乖寶貝。」艾密麗的眼圈紅了起來：「別哭，乖寶貝。」

「別哭，寶貝，別哭。」有人在齊聲嘲弄地和著。

「耶穌——哦，好耶穌。」他失聲說：「我的曾祖父只不過是個奴隸呢！」

「別哭，乖寶貝。」伊說。

「別哭，寶貝，別哭！」酒醉的人們唱和著。

土撥鼠

軍曹和艾密麗過了一個狂歡的夜晚。對於軍曹巴爾奈，彷彿世界上一切的希望之門都爲他打開：成功、希望、榮譽和尊嚴都對著他和藹而謙遜地微笑著。而他的榮耀和快樂，完完全全地感染了艾密麗。「你曉得嗎？」軍曹用他的手指擠著伊的扁平的鼻子說：「你吱吱喳喳地講個不停，像一隻小麻雀。」

伊沉默起來。「你不喜歡的嗎？」伊憂悒地說。軍曹抱住伊。他的黑色的身體像一株野生的熱帶樹。他吻著伊的小小的鼻子。「呵呵，一點兒也不，」他說：「你是世上唯一分享了我的快樂的女子。」他放開伊，相對地跪著，他半舉著左手，把右手放在伊的肩上，他扮著肅穆的臉，說：

「我是一個非洲的君王，他統治著炎熱而幽暗的土地。他君臨那裡的森林、激流、蟒蛇、猛獅、象牙和鑽石。」

伊立時在床上伏拜起來，伊的乳房垂在床單上，好像一對果實，在豐收的時節靜靜地懸垂著。伊不住地說：「王啊，哦，王啊。」

「你是王的麻雀，你是王所鍾愛的妾。」他說：「你是陪伴王渡過他的假期的唯一的幸運女人。」

小麻雀鍾情而感動地擁抱軍曹。伊親吻他，像一隻白色的、妖嬌的小母鷄在一片黑泥土的大地上快樂地啄食。「我是你的小麻雀，我是王的愛妾。」伊喃喃地說：「我要服侍你，領你去另一個有風的小鄉下。」

「另一個有風的小鄉下嗎？」軍曹說。

「是的，我的王啊。」小麻雀說：「像今天我們去過的那個小小的村莊。王說：喲，這是個有風的小鄉村，好像你生長的故鄉……。」

黑色的國王躺在床上。這是一張觀光飯店裡的大而講究的床，床頭有金黃色的精巧雕刻。「但願你去過我們的古老的，古老的南方。」軍曹說：「我們住在那裡，一代又一代。在那兒唱歌、祈禱、流淚、酒醉、辛勤地工作，並且把我們的骨頭埋在那裡。」

「倘若你歡喜，明天我帶你到另外一個鄉下去。」小麻雀興奮地說：「那裡有一個小小的漁港，漁船們忙碌地從海裡撈來大批大批的魚蝦倒在這個小小的漁港上。」

「噢，不，」軍曹說。

「隨你高興，」小麻雀說。伊下床去爲他倒水，伊的肩背寬大而光滑，好像一個等待開墾的山坡。

軍曹側身起來喝水。他用雙手捧著茶杯，像一個嬰孩。伊撫摸著他的黑色的肚皮，看見伊自己的手被襯托得好白好白，但伊斷不是個色白的女子。「你不是說這裡的風景，到處都一樣的嗎？」軍曹歉然地說。

「沒錯，」伊笑著說：「Yeah, that's true.」

「Yeah, that's true,」軍曹說。他從杯子底去望天花板，細瞇著另一隻眼睛，像是在用望遠鏡照著某一個遙遠的地方。他低低地說：「Yeah, that's true，到處都一樣的。全世界的鄉下都是一個模樣。」

伊的手在他的黑色的身體上徙行。「是嗎？」艾密麗說。

「今天我看到你們的鄉下，到處是一大片稻田。太陽晒在隨風波動的稻子上。就差沒有砲聲，沒有硝煙，沒有那稠密的森林——否則那樣子太像我們打仗的地方了。」他忽然咯咯地笑起來，因爲艾密麗撫摸著他的恥毛。他躲開伊，把杯子放在床邊的茶几上。他又咯咯地笑。他抓住艾密麗的手。「不要這樣，」軍曹笑著說：「你是個小蕩婦。」

「你不喜歡嗎？」

「不，不是這個時候。」軍曹說，憂悒地吻著被他抓住的伊的手。伊笑了起來。

「我的意思是，」伊說：「你不喜歡鄉村的那種樣子，因爲——。」

「我不知道。」軍曹說。他的厚厚的嘴唇像吸盤一樣有力地吸吮著伊的手背。

「因爲打仗嗎？」

「噢，不，」軍曹迅速地說：「我的曾祖父也是個軍人。他參加李將軍，打北佬。」他望著茶几，在杯子和一個小口琴之間拿了一包香菸，用他的厚厚的嘴唇啄出一根又長又白的香菸來。伊爲他點火，他的樣子眞像一個軍人。

「現在我是個軍曹了。」他充滿自信地說：「軍曹上去是少尉、中尉、上尉，再上去是少校中校，然後就是上校。」

「你一定辦得到，」伊快樂地說：「你一定辦得到。」

「那時候，人們便叫我巴爾奈上校——一直到我老了，小伙子們還會恭敬地叫我巴爾奈上校，巴爾奈上校。」

伊其實並不了解一個上校的榮譽的。然而伊卻忠心地相信他必有一日成爲一個上校，成爲一個狂野而瀟洒的軍官，好像那個爲他頒佈晉升狀的史坦萊排長。

「那個時候，人們將邀請我做善鄰委員會的委員，同白人一起參加宴會，甚至給白人的小伙子一點有用的、聰明的忠告。」他微笑地說：「而且我將有一幢乾淨、安適的大房子，被高大的南方的榕樹包庇著。榕樹的影子使草坪永遠蔭綠……。」

「巴爾奈上校，」伊低聲說：「你沒提到上校夫人呢。」

軍曹歡喜地喫了一驚。他的小麻雀正憂愁地玩弄著一隻銀色的髮夾。他伸手去擁抱伊，他說：「你是我的寶貝，我的小麻雀……。」伊沒做聲，卻馴良一如鴿子，任他親暱。但伊始終不能專心。伊說：

「他們都是高尙的人嗎？」

「誰是高尙的人？」

「巴爾奈上校的朋友們。」

「當然，他們都是高尙的人。」軍曹笑著說。

「你要娶他們之中的某一個女兒。」伊幽然地說。

黑人軍曹沉靜地望著一個冷氣的出口。冷風徐徐地流渡著，使得深垂的窗幔不住地晃動。他因爲新的野心，有些困難地拒絕著某種感動。但是他仍然說：

「我誰也不娶，我只娶你：我的寶貝，我的小麻雀。」

「眞的嗎？」伊欣悅地說。

「眞的。」軍曹說。

艾密麗蠕動著鑽進他的臂彎裡，使他想起遙遠的故鄉的土撥鼠。「眞的嗎？」伊說。「耶穌基督作證，你必是我的上校夫人。」他說。他開始吻他的土撥鼠。但他知道伊一直不能專心做愛。

「巴尼。」伊親愛地說。

「Yeah？」

「巴尼，你聽我說，」伊輕輕地咬著他的黑色的手指頭。「只要你這句話，我已經很高興了。」

「什麼意思？」軍曹說。

「什麼意思嗎？」伊微笑著說：「我只不過是吧女，我不能做上校夫人。」

「艾密！」他說。

「即使我不是吧女，我也是個養女——你懂嗎？」

「噢，我不明白，」他笑著說：「可是，都一樣，你是我的上校夫人。」

「養女是從小就被賣出去的那種女孩，」伊說：「我的母親也是一個養女。我的外祖母也是。」

「耶穌！」軍曹嘆息著說：「一百年前，我們曾經像牲口般被拍賣！可是你瞧，現在我是個軍曹哩……。」

「是的，我爲你高興。」小麻雀快樂地說：「我從小就在那些陰暗的房子裡長大。你看到鄉下的那種房子的。但有什麼關係？我現在比他們誰人都活得舒服，就好比現在你是個軍曹，明天你可能是個神氣十足的上校。」

「你在那些房子長大嗎？」軍曹沉吟著說：「我記得我立了功的那個戰場，也有那樣低矮的、陰暗的屋子。我持著槍走進屋子。一個小小的女孩坐在角落裡抱著一個斷了手臂的布娃娃。伊既不駭怕，也不哭喊！你也在那樣的屋子住著長大嗎？」

「告訴我你把口香糖送給那個小小的女孩，」伊懇切地說：「你把那小小的女孩帶到部隊上，給了許多罐頭和口糧。」

「當然，」軍曹說：「當然！主耶穌呵，我把所有的口香糖、罐頭和口糧給了伊。」

「我知道你是那樣的。」伊安慰地說：「今天你也給了那些圍繞著你的那些小孩每人一片口香糖。」

軍曹沉默著，隨即點燃了一根香菸。他說：「可是我不喜歡你們這兒或者那兒的稻田，不喜歡那些太陽，那些惡意的森林，以及躲在林子裡的那些狗娘養的——他們像螞蝗一樣令人作嘔。」

「The son of a bitch！」伊咒詛著說。

「你分不開他們誰是誰，天殺的，」軍曹憤怒地說：「可是我也不歡喜看著莊稼被我們燒成灰燼，眞的。因爲我是個農夫啊。」

「可是一打完仗，你已經是個上校了。」

「對啦！」變得有些憂悒了的軍曹，忽然高興起來：「想想看，當年我的曾祖父參加李將軍的時候，他只不過是個馬伕呢。」

他們於是開始興奮起來，然後在疲倦中熟睡。然而，到了天將破曉的時分，軍曹忽然在睡夢中嘯喊起來，那聲音彷彿尙未使用語言的時代裡的人類在驚懼地呼喊一般。

你是一隻鴨子

軍曹巴爾奈・E・威廉斯病了。因爲自從那天以後，他在每天夜裡都會發生長時間的夢魘，怎麼也弄不清醒。他被送到市郊的一所漂亮的精神醫院。負責治療他的是一個野心勃勃的年輕的醫生。他能說一口很好的英文，但軍曹並不喜歡他。因爲他不停地問他許多他想忘卻的往事。然而夢魘像鬼魂一般在每天深夜裡一定的時刻困擾著他，使他恐懼萬分。因此，軍曹不能不逐漸仰賴這個神氣的中國醫生。事實上，他一向厭惡又駭怕那種自信、驕傲和高尙的人們。

「覺得好些嗎？」醫生笑著說。他的聲音聽起來有點像鴨子叫，軍曹想。他頹喪地說：

「夢魘一直不停，你曉得的。」

「我們終於會找到的，」鴨子說：「我們正在尋找：什麼事使你這樣。」他職業性地笑了起來。他實在是一隻神氣兮兮的鴨子（duck），而不是醫生（Doc.）。

「Yeah, duck.」軍曹惡作劇地笑起來：「Yeah, duck.」

「好極了，」醫生說：「現在，你想想，在這以前，你有沒有過夢魘的經驗呢？」

「耶穌！從來沒有過，」軍曹惡燥地說：「有過一次罷，但那時候我還只是個小孩子。」

「你說你小的時候有過一次夢魘，好極了。」醫生高興地說：「你記得爲什麼嗎？」

「我不記得了。」

他們沉默起來。於是醫生對著他微笑著。他實在是一隻可恨的鴨子，軍曹想著。然而他不禁憂悒起來。

「也許因爲我駭怕——我不曉得。」他沮喪地說：「我的父親會唱許多好聽的歌

——特別是如果有人借給他一隻好吉他。」

「你的父親會唱許多好聽的歌嗎？」

「世界上沒有人能唱得比他更好。」軍曹寂寞地笑著。

「這似乎沒有什麼好駭怕的，是不是？」

「我不曉得，」軍曹用雙手蒙住眼睛，他不住地搖著頭，「我不曉得，」他說：

「醫生，我必須告訴你每樣事嗎？」

「你必須告訴每樣事，」鴨子溫柔地說：「我們在幫助你，你瞧。」

醫生爲軍曹點上一支菸。軍曹的擎著菸的手微微地發抖。但醫生故意漠視它。

「好吧，」軍曹無助地說：「他常常在夜裡帶我出去逛，在深夜的街燈下流浪。他對我眞好，醫生。」軍曹疲憊地笑起來。醫生說：

「說下去，我聽著。」

「他一口一口地喝著酒，然後開始用他渾圓的低音輕輕地唱歌，」軍曹說：「在寒冷的夜裡，他喝完酒，唱完歌，說：孩子，我們回家去。」

「你的父親說：孩子，我們回家去——說下去。」

「我們回家去。有時候，有時候那個白人還沒有走，我們就得躲著等他。然後我的母親在門口送走那個白人——他是一隻骯髒的豬！而母親的身上什麼也沒有穿。」

軍曹開始哭泣，茶几上一隻杯子裡，插著一株開得很精神的紅玫瑰。

「感情的發洩對於你是很好的，」醫生說：「現在一切都過去了。感情的發洩對於你是很好的。」

「但願如此。」軍曹說，他又換了一支菸：「然後我們回到家裡，我的父親開始毒打我的母親，咒罵我的母親。而伊只是低聲哭著，從來不反抗的。然後我們擠在一張床上睡。」他把香菸溺在盛有薄水的菸灰缸，看著水份慢慢地把一小截香菸溼透。他說：「就是在那些夜裡，我開始夢魘。」

「這是一隻令人悲傷的故事。」醫生溫和地嘆息說：「可是永遠不要懊悔你告訴了我這些事。我是個醫生呢。我們已經開始找到一個方向：是那些憤怒、恐懼和不安的事使你發生夢魘。讓我們往這個方向去找尋——你永遠不必懊悔你告訴了我這麼些，」他說：「我是一個醫生呢。」

「那要看你能不能治好我了。」

醫生同軍曹都笑了起來。「現在我覺得好些了，」軍曹說：「現在我對你覺得自在些。」醫生笑了笑。「好極了，」醫生說：「好極了。記錄上說你立過軍功——打仗對於你沒什麼困惱罷？」

「沒什麼困惱，」軍曹說。

「比方說，有些駭怕。」

「有些駭怕，」軍曹認眞地說：「開始的時候，是的。但你一下子就喜歡它了——你曉得，在我的平生，第一次同白人平等地躲在戰壕裡，吃乾糧，玩牌，出任務，一點差別也沒有。他們被敵人擊倒了，一點也沒有特殊。在打仗的時候，你成爲一個完完全全的合衆國的公民。」

「在打仗以前呢？」

軍曹笑了起來。「在打仗以前！主耶穌！你從很小的時候就曉得你不能走到白人的街道。噢。那條乾淨的、漂亮的、寬敞的街道，好耶穌！你從小就曉得不能同狄克、湯姆、傑米玩。這使你憤怒，醫生。你的世界只有那麼一丁點，永遠是那麼失望，骯髒。」

「你是一個敏感的孩子。」醫生說。

「有一次我偷偷地用肥皀拼命地洗我的臉，」軍曹嘩嘩地笑起來：「希望把膚色洗白——耶穌基督！」

「噢。」醫生說：「因此你喜歡軍隊。你同那些狄克、湯姆一道作戰。你沒有了自卑感。」

「我不知道，」他說：「有時候我眞希望戰爭永遠沒有完。有一次，我冒著彈雨把羅吉拖回戰壕，羅吉打從我們在船上的時候就認識了。敵人打爛了他的左肩，整個打爛了——the son of a bitch!——他說：巴尼，眞感謝你救我。然後他若無其事地死掉了。他說：巴尼，我眞感謝你。我忽然想到這半生從來沒有一個白人對我這樣說過。我哭了，醫生，」軍曹自嘲地說：「他們說巴尼是個重感情的人。」

「你是的。」

「我不知道。」軍曹說。

「你是的，」醫生說：「現在，你能不能想一想，這次發生夢魘之前有什麼特殊的事情呢？」

「實際上，最近是我覺得最快樂的時候。」軍曹說：「我遇見了一個女孩。」

「你愛上了這個女孩。」醫生愉快地說。

「我常常想：我愛上伊了嗎？」軍曹說：「伊是個吧女，我愛上伊了嗎？」

「伊苦惱著你嗎？」

「絕不，」他說：「艾密麗是個好女孩，艾密麗是個可憐的好天使。」

「艾密麗是個可憐的好天使？」

「艾密麗是個可憐的好天使。」軍曹說：「艾密麗是個養女——從小就賣給別人的那種女孩。」

「伊愛上了你嗎？」

「我不知道。」軍曹說：「用你們的話說，伊有一種自卑感——我說對了嗎？」

「yes, infiriority complex.」

「艾密麗說伊不配嫁給我，因爲我有一天要成爲上校。」軍曹靦腆地說：「這是伊說的。」

「不管怎樣，伊沒有令你困惱嗎？」

「絕對沒有——主耶穌曉得——艾密麗是個甜姐姐。」

「你說伊是個可憐的好天使，」醫生說：「沒有令你想起什麼嗎？」

「伊告訴我伊生長在那些低矮的、陰暗的屋子，」軍曹說：「這困惱我。但不是艾密麗困惱了我——艾密麗是個可憐的好天使。」

「那些低矮的、陰暗的屋子令你困惱嗎？」

軍曹忽然驚慌起來。「我猜是的，」他嚅然地說：「我猜是的。」

「我們又找到一個死結了，軍曹，」醫生嚴肅地說：「不要放鬆它。」

「艾密麗帶我到一個小村莊去玩。」軍曹沉悒地說：「那裡的太陽，太陽下的稻田，甚至於茂盛的竹林，使我想起另一個村莊，醫生。」

「你記得這個村莊嗎？」

「我但願不記得。那時候，約有四倍於我們的敵人從四面八方包圍著我們。那些穿著黑衫的螞蝗，那些狗狼養的，」軍曹激怒地說：「我們被殲滅了。那些狗娘養的！」

「你說你們被殲滅了。說下去，軍曹。」

「只有我一個人活著。敵人退去以後，我帶著我的自動步槍連夜地跑。後來，我想我仆倒在一個樹根上，睡著了。因爲醒來的時候，我正擁著槍躺在樹下。」軍曹說：「也許是那強烈的陽光罷，我變得十分緊張。我緊緊地握著槍，只要看見任何出聲或晃動的東西，我就開槍。」

「你變得十分緊張，只要看見出聲的或晃動的東西，你就扣扳機。」醫生說。

「我猜想我是這樣地走進一個小小的村莊。那些太陽，」軍曹憂悒地說：「那些稻田，那些猙獰的森林。我不斷地開槍，一直到我走進一間矮小的屋子。」

「你走進一間矮小的屋子。說下去。」

「屋子裡坐著一個小女孩，抱著斷了胳臂的布娃娃。」軍曹說：「小女孩既不駭怕，又不哭喊。伊只是睜著大大的眼睛看著我。我扣了扳機──耶穌基督喲──」

軍曹開始飲泣起來。醫生爲他倒了一杯涼水。「醫生，我必須那樣，相信我。」他說。

「我完全相信你，」醫生說：「喝杯水。我完全相信你。」

「你分不清他們誰是誰──他們看起來都一樣。扁平的臉，斜翹的眼、黑色的棉布衫。而我只有一個人，你相信我嗎？」

「我完全相信你。」醫生說：「我沒忘了你是在一個戰場上。」

「我昏睡在那個矮小的屋子外。」軍曹輕輕地說：「直到我們的部隊開來。他們說我把整個村莊打爛了。」

軍曹又開始飲泣。「好耶穌，」他說：「你一定知道我不是存心那樣。你分不清他們誰是共產黨，誰又不是……」

「喝杯水，軍曹。」醫生柔和地說：「感情的發洩對你是一件好事──極好的事。」

「噢，好耶穌……。」軍曹喃喃地說。他的眼淚靜靜地滑下他黝黑的臉頰，像一粒雨珠掛在古老的、黑色的岩石上。

紅色的髮巾

軍曹巴爾奈・E・威廉斯抱著一大束紅的以及黃的玫瑰花，走下計程車，張開他的海蜘蛛一般的長腿，走向一家小小的公寓。七月的暑氣從狹小的樓梯四周包圍著他。他的臉因微汗而發著油光，汗水滲滲地聚在他卷曲如毛線一般的髮腳上。然而軍曹卻愉快地唱著歌：

——莫妮達，美麗的莫妮達喲，
你快快樂樂，從不抱怨。

他因爲上著樓梯而氣喘著。他打開了一扇小房門，一眼就看見伊的可愛的但不甚牢固的小床。床上留著一支銀色的髮夾。

「艾密麗！」他快樂地氣喘著。他說：「艾密麗我的小麻雀！」

伊從浴室裡衝了出來。伊穿著一件陳舊的晨衣，一條紅色的髮巾包住伊的整個的頭髮，拓出伊的也是微突著後腦的頭顱。「哦，」小麻雀說：「哦！」他們擁抱起來。他親吻著伊的依然沾著水珠的頸項。「哦，哦，」伊快樂地哭泣著：「巴尼，你是個壞透了的孩子，」伊說：「壞到骨子裡。」

軍曹俯身去拾著撒滿了一地的紅的以及黃的玫瑰花。「你瞧，」他說：「我出院了。我一個勁兒坐車回來了。」伊歡樂地笑著。「這麼些漂亮的玫瑰花！」伊說，流著眼淚。

「整整的一個六月！」他把玫瑰花分別插進四個寬頸的空酒瓶。他說：「整整的一個六月，他們不讓我們見面。」他把剩下的花又分別裝在茶杯、罐子和空罐頭裡。

「但是你卻每天送來一朵玫瑰——整整一個六月裡。」

「他們告訴我他們待你很好。」伊說：「是眞的嗎？」

「Why, Yeah!」他又笑出一排雪白的馬牙齒：「他們待我像一個老好朋友。」

「我一直擔心著。」伊爲他脫下卡其軍服，吻著他的黑色的、瘦削的胸。「我有一個叔叔，我記得。他——」

「他——。」軍曹說。

「他們把他鎖在一個黑屋子裡。二十多年了。」

「他瘋了。」軍曹露著牙齒笑。

「別提他！」伊急著說：「我只是擔心著。」

「不要怕瘋子。」軍曹溫柔地說：「他們只是心裡受了傷，好像我們的皮膚受了傷，是一樣的——鴨子這樣說的。」他開始告訴伊那個醫生如何像一隻神氣的鴨子。伊爲他掛起軍衣。「我一點也不駭怕，」伊愉快地說：「我們忘記它不好嗎？」他從背後抱著伊。軍曹說：「我現在健康得像一條快樂的公牛，艾密麗，你是我的新娘，你嫁給我嗎？」

伊轉過身來。他們沉默著。伊笑起來，眼睛閃爍著快樂的淚光。「我永遠是你的新娘，」艾密麗說，伊的塌鼻子愉快地翕動著：「我永遠都是你的新娘，但你不能娶我，我只不過是個吧女。」

「小麻雀，聽我說，」軍曹嚴肅地說。他嚴肅得可以把整個太陽塗成黑顏色。他說：「你曉得嗎？我是個奴隸的子孫——一個奴隸哩。」

即使伊曉得 Slave 翻成「奴隸」，也不能十分懂得它的意義罷。伊搖著頭，說：

「可是你要成爲一個上校。」伊把紅色的髮巾解開，伊的短短的半溼的頭髮冷冷地滑落。「但是都一樣，我永遠是你的新娘，」伊笑著說：「只要你走之前愛著我，就行了。」

「你是個傻楞楞的小麻雀，」他充滿健康人的自信說：「軍曹說，他要娶你，就要娶你。」

「你不必那樣，眞的，」伊說。伊於是在他的懷裡快樂地擺動，像一隻棕色的土撥鼠。「只要在你走之前愛著我——完全地愛著我——就行了。」軍曹巴爾奈・E・威廉斯憂悒起來，他說：

「他們告訴了你我就要走的嗎？」

「你們終歸要走的。」伊細聲說：「忘了它吧，讓我們快快樂樂地過完你的假期。——你還有多少假期呢？」

「四天。」他嘆息著低聲說，望著一桌子一床頭的紅的以及黃的玫瑰。他們沉默著。

「四天。」伊無聲地說。

「小麻雀，你聽我說……。」

小麻雀開始無聲地流淚。「四天也好。」小麻雀說。伊開始脫下伊的晨衣，伊的彷彿豐碩了些的乳房微微地躍動著。伊打開床邊的電扇，側臥在床上。「小麻雀，你聽我說——。」軍曹親吻著伊：「在醫院的時候，我對我自己說：平生第一次，有個人使我覺得我自己有多重要。那個人就是你，我的小麻雀。我又對我自己說：平生第一次，我的生命裡有了一個目的，爲它奮鬥。」「我愛你。」小麻雀嘆息著說：「我愛你。」軍曹輕輕地吻著伊的全身。「我不願離開你，你相信嗎？但我要再回到那個戰場，我要殺光那些躲在森林裡的黑色的山螞蝗，那些狗娘養的。我要成爲一個勇敢的軍人，一個上校。我要成爲你的驕傲。」艾密麗好幾次想告訴他伊已經爲他懷了一個月的小孩。那一定是個漂亮的、黑色的小男孩，伊想著：眨著一對大大的金魚眼，像他的父親一樣。然而伊只是說：「我會以你爲我的驕傲的。」伊快樂地微笑著。軍曹開始因激動而氣喘著。孩子一定是個漂亮的小男孩，眨著一對大大的金魚眼睛，像他的父親一樣，伊兀自想著。

燦爛的陽光

一個有霧的夜晚，伊下班回到家裡。伊在門底下撿起一封漂亮的白信封。伊打開燈，從信封裡抽出一張裝潢得十分精緻的信。伊看到一隻憤怒的梟鷹，抓著一簇銳利的箭，彷彿意欲振羽而去。伊一下子記起他晉昇軍曹的證書上，也有這樣一隻鷹揚的猛禽。伊快樂地親吻著信紙。「巴尼，你辦到了——雖然我不曉得你又昇成了什麼。」伊喃喃地說：「you make it, Barney, you make it!」

伊把那漂亮的信紙擺在桌上。軍曹巴爾奈・E・威廉斯的照片在鏡框裡溫柔地笑著。伊脫去衣服，開始洗浴。伊快樂地用口哨吹著他的「美麗的莫妮達」，想起他上船的模樣來。戴著船行帽的他的側臉，看起來眞像一個勇敢的軍人。那時候，燦爛的陽光照耀在那隻巨大無比的戰艦上，也照著他的嶄新的卡其軍裝。他頻頻張著長臂對伊搖動著，而伊卻在船下不住的哭著，哭著。「甜心，我會好好的，」他大聲說：「我會回來看你，我會的！」然後戰艦慢慢地駛開港口。好燦爛的陽光。現在伊整個臉仰向蓮蓬頭，露著牙齒笑。「明天要找酒櫃的小劉讀這封信給我聽，」伊獨個兒說：「這次起碼是個少尉。少尉巴爾奈・E・威廉斯！」伊不禁笑出聲音，吐出滿口的冷水。

燈光下，那封漂亮的信紙靜靜地躺著。

「……他爲無可置疑的民主、和平、自由和獨立而戰；他爲合衆國傳統的正義和信念捐軀。他的犧牲爲全世界自由人民堵塞奴役和反人性的逆流底鬭爭，墊上一塊有力而雄辯的巨石。

……。」

——一九六七年七月《文學季刊》四期

永恒的大地

一個雕刻匠的十分陰溼的房間裡，箱子上、櫃子上，都站滿了大大小小的木雕品：穿著大鞋的外國水兵；裸著桅桿的帆船，健碩的水牛；昂然傲立著的洋狗……不論是否沐著窗外傾落的那麼一絲陽光，都彷彿自成一個宇宙。

這時候，小閣樓上傳來一個很陰氣的嗓子！

「兒子。」

「哎——」一個很驚恐的聲音，幾乎發抖著。一個瘦長的身體從角落的床上站了起來。他慌忙得幾乎站立不住。

「兒子呀！」

「哎，來了！」

他急忙奪住小門，仰著臉望閣樓大聲喊著。

「我當你又不在了。」樓上說。

「我不敢！」

「什麼？」

「我，不——敢！」

他用手拭著額上的汗珠，整了整衣襟。上面沉默著，他睜著眼望著烏黑的小閣樓，疑惑著。忽然那嗄啞的聲音又說：

「天氣好罷？」

他竚著腳從窗口望去，太陽照得很微弱，遠遠的海邊早已塗著濃黑濃黑的烏雲。

「好呢，大好天。」他說。

「敢情是。」

接著，那聲音忽然嗆咳起來，微弱、無力。

「爹！」他說，那眞是一種欲哭的聲音。他攀著岌岌得很的梯子，喊著說：

「爹！」

「死不了的，早呢！」閣樓上氣喘著說：「不肖東西……你就盼著罷。」

「……」他回到門檻，靠著門板，閉起眼睛。

「天氣好嗎？」

「好呢，好呢！」他說，又竚足望著，天卻烏了大半。

「兒子。」

「哎。」

「記得咱老家嗎？」

「記得。」

「那旗桿，記得罷？硬朗朗的指著蒼天！」

「記得。」

「說什麼？」

「兒子記——得。」

閣樓上瘖啞地笑了起來，像一隻在夜裡唱著的蟾蜍，歇了一會，終於說：

「你簡直放屁！」接著一聲嘆息，說：「你當時還太小了。偌大一個家業，浪蕩盡了。我問你，是誰敗的家？」

「是兒子——我。」

「行。咱將來重振家聲去。咱的船回來了嗎？」

他躊躇了一會，說：

「快了罷。」

閣樓上又沉默起來。他偷偷地舒了口氣，望著伊。伊早已穿好了衣服，很惡狀地仰臥著。港口傳來很沉很長的汽笛。伊聽著，忽然站了起來，憑著窗望著遠處的港口。

「爹。」

他囁嚅地說。而閣樓卻依舊沉寂。他又說：

「爹，爹！」

他這才走回床上，像是要丟棄了自己那樣的撲倒在床上。他的臉白得發青，鼻尖蓄著露水似的汗珠。他望著窗口的女人，那女人正用手當做梳子抓著伊的滿頭枯乾的頭髮。伊是個俗麗的女子，肥胖，卻又有一種猙獰的結實。伊望著窗外遠處的港口，聽著汽笛的聲音消失。伊忽然笑了起來。他知道那笑臉是可怕的。他說：

「什麼事好笑？」

伊回到床上，靠著板壁坐著。他將一隻腳惡戲地伸進伊的懷裡。伊說：

「你爹呢？」

「誰的爹？」

「你的呀！」

他的腳在伊的懷裡猛的一踹，忿忿地說：

「我爹，不也是你爹嗎？」

伊的臉疼苦地彎了下來。然而伊依舊笑著，說：

「他，我爹，他呢？」

他這便又憂戚起來了。他閉著眼睛，衰弱地說：

「他睡了。他說說，就睡了。」

「他說說，就睡嗎？」

他沒作聲。忽然感覺到他的腳被伊的手輕輕地摩挲著。一股被安慰的感傷衝上心窩裡來，軟綿綿地悒積著。他張開睡眼，木然地望著箱子上、櫃子上的木偶們。他說：

「喂！」

「呵？」

「你們這兒的人蓋房子，是從不豎什麼旗桿的嗎？」

「旗桿？」伊的臉因茫然而露著一種痴呆的表情。伊的唇太厚了。他想。伊畏懼地望著他，說：

「我們這兒的人，從來不知道一個家要個旗桿做什麼？」

他沉默著，點燃了一根菸。他聽見伊小心地說：

「你們的人，要它來做什麼？」

——要它來做什麼？他想：誰曉得呢？他爹常說他們有過一份大得無比的家業，朱漆的大門，高高的旗桿，精細花櫺的窗子，跑兩天的馬都圈不完的高粱田……。然而這一切於他多半是十分陌生的，但爹卻硬說是他自己蕩毀了家業。他是怎也記不得那家業了。只有植滿高粱的田野他尚能記得一些：在遼闊的田際上漬滿了粗獷的亂雲，地上極望都是一片很傲骨的綠。那或許便是高粱的罷。然而是或不是，對於他是個極其遙遠且無由企及的事了。他沒有故鄉，卻同時又是個沒有懷鄉病的遊子。

「喂！」他說，兩隻腳都送進伊的懷裡。一種女體的柔軟的感覺傳了過來，使他微微地動悸起來。他說：

「喂，你知道嗎？」

「知道什麼？」

「知道我有個很美麗的故鄉？」

伊的俗艷的臉煥發起來。他忽然沉默了。一種憂悒襲上心頭，便逐漸對自己生氣起來。他是從來不曾眞切地愛想過故鄉的，然而他還是說：

「很美麗的故鄉。天氣好些，我跟爹就回去了。」

「坐著大船嗎？」伊說，露著牙齒笑著。忽然一聲汽笛沉沉地響了起來。伊一下子緊緊地抱住他伸在伊懷中的雙腳，說：

「聽聽，那汽笛。他們又要走了。」

一陣血液猛浪地衝上他的後腦，他甚至氣喘起來。然而伊卻使勁抱著他的腳。他囁嚅地說：

「誰，……誰要走了？」

「那些水兵，那些蓄著紅色的山羊鬍子的水兵們。」

說著，伊忽然咯咯地笑了起來，把一個很大的醜臉，笑成紫紅色的蕃茄。他慌忙搖著手，說：

「瘋了，瘋了！弄醒了爹——」他面無血色，諦聽著什麼：「弄醒了爹，我殺了你！」

伊噤著，彷彿奴婢。他注視著伊，眼光很虛弱地燃燒著。汽笛又響了起來。但聲音卻遠了。

「天氣好了，我同爹也回去。」他說。然而他的心卻偷偷地沉落著。回到那裡呢？到那一片陰悒的蒼茫嗎？

「回到海上去，陽光燦爛，碧波萬頃。」伊說：「那些死鬼水兵告訴我：在海外太陽是五色，路上的石頭都會輕輕地唱歌！」他沒作聲，用手在板壁上捻熄香菸。但他忽然忿怒起來，用力將熄了的菸蒂擲到伊的臉上，正擊中伊的短小的鼻子。伊的臉便以鼻子爲中心而驟然地收縮起來。

「誰不知道你原是個又臭又賤的婊子！」他吼著說，憤怒便頓地燃了起來：「儘謅些紅毛水手的鬼話！」

「紅毛水手，也是你去做皮條客拉了來的！」伊忿怒地說。

他的臉一下子格外蒼白起來。他因自己不能自由的病而憤怒，激動得發著抖。他咬著牙，一腳踢了伊的胸懷，當他感到伊的乳房很堅實地在他的腳尖跳躍著，伊便一個仰身翻倒在床沿上。他的慾情忽然地充漲起來了。

……

他幾乎不能動彈地伏臥在伊的身傍。然而他的頭腦卻十分的清靈。他又一次疼感到伊的無限的強韌和壯碩，也因而感到自己的那宿命的終限。然而，他的心卻在這一刻中平靜一如滿地的木偶們。他沒有恐懼，也沒有憤怒。他茫然地伸出手在伊的很脂厚的背上撫弄著。一種空茫的絕望像一座山那樣向著他的無血的心投落下來。他閉上了眼睛。

「喂。」他說。

「嗯。」

「不要信那些鬼話罷。」他疲乏地說。

「呵？」

「不要信那些紅毛水兵們的鬼話罷。」他以近乎祈求那樣的聲音說。

「不了。」伊囁嚅地說：「不了。我不信。」

一串熱淚像跌落那樣地流下了他的頰。他用手在伊的背上劃著什麼。他從來不曾這樣逼近而又親近地品味著死滅和絕望。伊忽然說：

「那是什麼？——你爹叫呀！」

倆人都焦心地沉默著。半晌，樓上說：

「兒子！」

他旋風似地爬起身來，奪門而立，裹著蒼白而病弱的身體。他大聲對著梯口說：

「哎，哎！爹。」

「兒子，我不曾睡罷？」

「噢！」他扣壓著氣喘：「沒有，沒有！」

閣樓上沉靜了一會，便說：

「兒子！」聲音有些陰寒：「兒子，你可說了眞話？」

「眞話？」他說，因著自己的一絲不掛而微微地戰慄著：「爹，您想您健朗朗的，怎麼會大白天睡覺呢？」

「對了。」

伊坐起身來，欠著上半身關上了直對著他的裸體的窗子。他的身體像紙張那麼白，起伏著一根根很嶙峋的骨骼。一雙很瘦的腿上，很濃密地卷曲著腳毛。他是個毛髮濃密的男子，伊想：眞不下於那些老的、少的水兵們。

「對了。」他說。他望著伊。他的凍成茄紫色的嘴唇，在那一面青蒼的臉上，彷彿一隻船，也像一個孤獨的島。

「沒忘了我還健朗朗的，就對。」樓上說。

他一下子接不上話來。伊爲他披上一件破爛的毛毯，裹著。閣樓上接著說：

「咱還要回家看看那塊地哩。」

「可不是。」

「看看什麼天候。天氣——好罷？」

他憂愁地望著窗外。一窗的天空都泛著淡墨的顏色。他漠然地說：

「好得很，出著一個好太陽！」

「敢情是。現在我們等著起南風。南風一吹，我們父子倆就上路了。」

「可不是。」他說。

「兒子。」

「哎！」

閣樓上忽然喫喫地笑了起來。那聲音彷彿一隻司著亡魂的惡鳥一般。

「兒子。回到家，爹給你找個好閨女。」

他沒說話。他定睛地看著半依憑著窗櫺的伊的身體。伊的腹和伊的乳都鬆弛地下垂著，卻絕不是沒有那種跳躍著的生命的。伊的臀很豐腴地煥發著。他從來不曾愛過伊。然則他卻一直貪婪地在伊的那麼質樸卻又肥沃的大地上，耕耘著他的病的慾情。

「兒子！」

他聽見那忿怒的聲音，頓時慌亂的起來。

「兒子，反了不成？」

「爹，兒子一直在這兒呀。」他央求地說。

「你怎麼不做聲？」忿怒使那聲音尖厲起來：「爲什麼不做聲？你——」一陣嗆咳堵了上來。

他因極端的懼怖而淚流滿面。他戰慄著。他哭泣著說：

「爹，爹——」

「你這，你這不，不肖的畜牲！」

「爹，爹呀！」

「你這天打、天咒的！你這敗家的啊！」

他「撲通」地跪在梯口，不成聲調地吟哦著些什麼。伊靠在那裡，也因著怖懼而愕然地站立著。孤獨彷彿毒蟲那樣地噬咬著伊的心。伊忽然的想起以往的那些衰老的和壯碩的紅毛水手們。他們的身上、鬍鬚，都沾滿了鹽腥的海風。他們有些唱著伊所不懂的歌，離開伊的床和方寸的房間。他們是活在風浪和太陽中的族類。而伊卻只是一隻蠢肥的蟲豸，活在陰溼的洞穴裡。

沉寂很重地散落在匍匐著的他和竚立著的伊之間。伊撿起衣衫穿著。他囁囁地說：

「爹，爹！」

沒有回答。卻傳來並不均勻的、病弱的沉睡的聲音。他站立起來，迴身望著伊。伊看見他披著毛毯站立在那裡，他的容貌滿是痛苦的影子，而且斑剝著淚痕。一片薄薄的女性的憐憫的慾望，在伊的內裡輕柔地搖曳著。然而伊的心卻不知何以如死亡一般地寂然不驚。他很緩慢地走向臥床。伊默默地看著他穿起衣服。

「喂。」他說。他坐在枕頭上，用手亂揩著一些留在臉上的淚水兒。伊沒有說什麼，便像一隻狗那樣地爬上臥床。不料他卻一把抓住伊的頭髮。頓時間，伊以那樣爬行著的姿態凍結在那兒。伊的臉因皮肉的緊張而歪曲著，一雙浮腫的眼失神地望著陰闇的角落，以及散立那兒的許多木偶們。

「好好的跟我過！」他氣喘著說：「不要忘了我怎樣從那個臭窰子裡把你拉了上來！好好的跟我過呀！」

伊疼苦地在喉間發著一種對於人類已很陌生了的那種迸裂的聲音。伊說：

「呵，哦呵！」

然而他只是興奮地搖著抓緊了伊的頭髮的手，伊的頭也跟著胡亂搖晃著。他用一種很低微的聲音急促地說：

「他的日子，我的日子，都不長久了！」

他的心驟而萎縮著。雖不是在哭泣，淚水卻又洒了一臉。他摔開伊的頭。伊跌落在床角，便那樣地瑟縮著。伊驚慌地望著他，一下子想不透他的話。伊看見他坐在那兒，那樣子看來極爲憂悒。他忽然仰面躺臥在床上，他的頭枕在伊的腿股上。他用雙手交握著蓋住他的眼睛。外面的將晚的天色，滿滿地傾落在他的臉上。伊的腿彷彿僵硬起來。良久，他忽然說：

「我說了什麼？」

「你說了什麼？——沒有說了什麼呀！」

他的唇泛著蒼白。他又說：

「我說了什麼？什麼不長久嗎？」

伊因著一種懼怖而煩亂起來。伊用手摀著自己的臉，忙說：

「沒有呀，沒有呀！」

他的無血色的嘴唇微笑起來了，那是一種多麼懷疑、多麼絕望、多麼陰氣的笑臉。他以一種悲愁得不堪的聲音說：

「我有一個美麗的故鄉，那是不錯的。」他接著說：「就像爹說的，朱漆的大門、高高的旗桿、精細光櫺的窗子，跑兩天兩夜的馬兒都圈不盡的好田……」

伊忽然輕輕地摸著他的蓋著眼睛的手，卻激不起一絲愛憐來。

「然而爹一直硬說是我敗了那一份兒家業。記都記不得，怎樣敗法兒？」

誰也解答不了他的問題的。夜已經在朗誦著它自己的序詩了。他握住撫摸著的伊的手，卻依舊摀著他的眼睛。他的手如冰之冷，滲著溼溼的一手陰汗。

「自小我便在咒罵中相信我是個可恥的敗家子。我不得不希望著回家去，回到了我無鄉愁的故鄉去！」

伊的被枕著的腿，開始發酸而且麻木起來。伊細聲說：

「我伸伸腿，好嗎？」

他放開伊的手，望著窗外的漸濃的夜空。忽然一聲汽笛悠悠地劃開了市聲。伊小心地捧著他的頭，伸好雙腿。他的頭於是滿滿地陷入伊的柔軟的懷裡。

「又一隻那裡的船進港了。」伊說。伊爲著自己的那一點小小的火星的行將熄滅，輕微地悲哀起來，伊鼓足了勇氣說：

「他們自由的來，自由的去。陽光和碧波幾乎都是他們的。」

他果眞被激怒了。他一個翻身，粗暴地將伊壓倒。他用一隻雕刻匠的格外有力的雙手扼著伊的咽喉。憤怒使他瘋狂起來：

「樓上的人，他要回家，就讓他回去罷！」他兇猛地說：「可是我要好好活。這樣活著。你好好的跟著我活著罷！什麼陽光，什麼碧波，儘都是紅毛水手的鬼話……」

伊的臉因窒息而漲得通紅。然而伊的豐腴的大地終於征服了他。伊頭一次看準了自己有多麼地恨著。然而那一片汪洋和五色的異鄉的夢，確乎是破滅了。伊伸手抱住那樣致命地沸騰著的他，深深的知道他終必被埋葬在這沃腴的大地。伊以一個女性的本能衞護著伊秘密地懷了數月的身孕。雖是有風有雨，大地卻出奇的安謐。

現在他僵直地仰臥著。夜的黑暗佔滿了這小小的房間。他的心在一片蒼茫裡遨遊著。他注視著那大的懼怖，大的焦灼，大的極限。然而他的心卻異樣的淸冽。他微弱地說：

「喂。」

伊沒作聲，機械地爲他蓋上毛毯。他接著說：

「我什麼也不要，什麼也沒有了。」

「……」

他摸索著拉上伊的手。一個蕪雜的意念使伊將被握著的手擱在伊的下腹上。

——這裡是新的生命！看哪，全新的生命！

伊無聲地說著，激動得眼睛都潮溼了。然而他是怎也摸不著那生命的。伊只聽見他在囁囁地說：

「我只要你，也只有你。不要忘了是我花了錢從那臭窰子裡得了你來。」

伊的淚汩汩地流了下來。伊忽然沒有了數年來對他的恐懼、對他的恨。伊只剩下滿懷的、母性的悲憫。

——這孩子並不是你的。

「喂。我說，好好兒跟我過，好好兒跟我過罷！」

——那天，我竟遇見了打故鄉來的小伙子……

「喂。」

——他說，鄉下的故鄉鳥特別會叫，花開得尤其的香！

「喂！」

「呵。我在聽著。」伊說。而伊的心卻接著說：

──一個來自鳥語和花香的嬰兒！

「我什麼也沒有了。美麗的故鄉！那是早就不曾有過的。」他很陰霾地笑了起來：「他是要回去的，等待一個刮南風的好天氣，乘著他的船，他的鳥船……」

──但我的囝仔將在滿地的陽光裡長大。

伊翻側身來，抱住他。他說：

「嗨，噢，」他的氣息慌亂起來。

伊的心像廢井那麼陰暗。但伊深知這一片無垠的柔軟的土地必要埋掉他。伊漠然地傾聽著他的病的、慌亂的氣息。

又一聲遙遠的汽笛傳來。伊的俗艷的臉掛著一個打綯了的微笑。永恆的大地！它滋生，它強韌，它靜謐。

──約爲一九六六年所作，入獄后，友人以化名

發表於一九七〇年二月《文學季刊》十期。

某一個日午

房先生的車子極其優美地在庭院打了一個半圓，便停住了。老喜爲他開門。在被拉開的門玻璃中，房先生又看見兒子在慢慢地踱出大門的模樣。夏漸漸濃郁起來。在逐日蔭綠著的庭院中，空氣寂靜得簡直能聽見它的聲籟，在庭院中很囁囁地喧囂著。

房先生寬鬆了以後，老喜照例報告一些訪客的姓名和電話留言。書房裡陰涼幽靜，四壁的字畫在一份近乎淒苦的闃寂中懸垂著。房先生點起板菸，看著菸草燒成一個小小的、殷紅的火湖，眨然明滅。在稀薄的煙霧裡，他一直在仔細地在他的腦中捕捉著兒子的背影；他的輕巧地踱出大門的姿態。他但願這並不止乎幻影而已。幻影是不應會映在門玻璃上的罷。他想起兒子死前的最近，每當他忙碌地在汽車裡出入家門之際，總看見兒子的青蒼的削瘦的臉，在遠遠地注視著他。房先生於是便記起很稀奇地忽然蓄起顎鬚的兒子的臉。

「老喜！」他說。

老喜早不在了。他坐直了身，按了鈕。

老喜走進書房，關了門，侍立在書桌旁邊。房子裡飄散著板菸的清香，老喜看著喪子的主人的側顏，有些酸楚起來。

「老喜。」房先生說。

「房處長。」老喜說。

「老喜我問你，」房先生說，「他們要他淨身的時候，要剃掉他的鬍子，你說不好。我記不清你說爲什麼的了。」

老喜愕然了，隨又感傷起來。

「房處長，」他說，「事情都過去了，您自己多保重，我們不提罷。」

「不碍事的。你說說，我記不清你說的爲什麼了。」

老喜不安地靜默著，而後也終於說：

「我是說，恭行喜歡他自己的鬍子，還是讓他留著去的好。」

「喜歡？」房先生說，「他留了有多久？」

「六個多月罷，」老喜說，「房處長，我們不談這——」

「不碍事的。」房先生說：「你坐著罷。」

房先生敲掉菸渣，掏起絲絹開始擦拭著菸斗。他想著仰臥在棺木中的兒子的臉上，在下顎密密地聚生著深黑的微卷的鬍子，配著那一張因爲無血氣而格外顯得馴順的臉，構成某一種荒謬的，犬儒得不堪的表情。

「房處長——」老喜說。

「不碍事的。」

房先生的手機械但又極其仔細地拭擦著菸斗。在老喜的眼中，它簡直是主人在二十年前的一個深夜裡擦拭手槍的手勢。那時他第一次走進房先生的家，「書記官」便是那時的頭銜，叫慣了，就一直沿用著。那時恭行才四歲——

「那時恭行才四歲大，」房先生說。思緒的巧合，使老喜猛然的一驚。房先生接著說：「你來跟著我，也有二十年了！」

「啊，啊啊。」老喜說。

「這些年來我忙著些什麼！」房先生幽幽地說；他的聲音和表情都像四壁的字畫一般平板。老喜看著主人的那張沉甸而又寂寞的臉，在他的年老的心裡，陡然的浮起了一片極輕的滄桑的迷惘。他說：

「房處長——」

「恭行死了兩個多月，我這才想到我竟一直沒好好的照顧過這小子。」

「房處長——」老喜說。

「只顧我忙，只顧我的——前途……」

「處長，房處長，」老喜說：「其實恭行也一直不用您操心他的。小學，中學到大學，都是自己要好，自己讀書。誰不說他是個天生的讀書人——」

「到頭來，我對於兒子，竟陌陌生生地，一無所知。比方說，他蓄了鬍鬚……」

「房處長，」老喜有些慌亂起來，「恭行一直是個安靜的孩子，不大開腔，這您知道。也不愛人家沒事嘮叨他，這您也知道，簡直就是他母親的脾氣——」

老喜越發慌亂起來。提女主人的事做什麼呢？他于是支吾地說：

「房處長，再不提這些罷。」

沉默逗留了瞬時。房先生微弱地說：

「不碍事的，老喜。」

恭行的沉默，確乎承受自他的母親的罷。房先生這就止不住想起了很遼遠的妻來。她眞是靜默得彷彿一座古刹，家鄉的荒山裡古刹。臨來臺灣的時候，自己曾對她說：

「我去去，過不多久就會回來的。」

「……」

「這是你曉得的，我非跟著去不可。」

「……」

「就是因爲過不多久就回來，所以你不必跟著來，留在家裡陪著爹好了。」

妻那時便點了點頭，但及至知道了恭行也要帶走，卻頓時悽愴起來，隨後漲紅了臉，哭了。哭泣是極安靜的，她只是流著淚，絞著裙裾。

「你這是作什麼啦！我只不過帶孩子去見識見識罷了。有我照料他，難道還不放心麼？何況一會也就回來！」

她這便果然止住了哭。

而如今恭行竟死了。而且——

「而且這孩子何以竟要自己走上這條路呢？」房先生終於說。

「我也一直不能明白這個。」老喜說著，低下頭。「他吃的，喝的，一切起居都沒有和平常兩樣，整天耽在書房裡，讀不完的書，寫不完的字……」

房先生把菸斗對著窗口的光照了照，看著那樫木菸斗發散著烏黑的光澤。他的眼睛合著疼痛的神情；然而他依舊是不住的哈著氣，不住的擦拭。

「一個讀書識理的人，竟也想不開呀？」老喜說著，輕輕地喟歎起來。

房先生開始有些忿怒起來。他這爲人之父的，竟一點也不曾了解過自己的兒子。他又彷彿看見妻的安靜的哭泣的模樣，便想著她大約也同自己一般地已經走入老境了罷。但這些都不算什麼。小子喫了藥去了，總也應該給父親留下幾箇字的罷。這種驟然而又沉默的失喪，或者遠比死亡本身更叫房先生覺得慘楚，覺得不得安慰的罷。房先生這又無端的想起兒子遠遠地注視著車子和自己的神情。也便是那時，他才隱約地覺得孩子似乎留了顎鬚。

「老喜，」房先生說。

「呵呵。」

「老喜，你剛才說，他喜歡，這是怎麼說呢？」

老喜頓時慌張起來。他看見主人依舊只是擦拭著菸斗，連忙努力鎮定下來。

「喜歡誰？我沒有說他喜歡了誰的罷？」

「我說，你剛才說，恭行喜歡他的鬍子——」

「呵呵。恭行他喜歡他的鬍子。」

「好。這是怎麼說呢？」

老喜於是舒了一口氣，說：

「我曾對他說：您年紀輕輕的，留它做什麼？他說：這個，老喜，你不會懂的。我喜歡就是啦。」

房先生忽然想起恭行小時，常常要把毛髮丟進火爐裡，使房間充滿了焦腥的氣味。被火化了的這孩子的鬍鬚，定然也是那個氣味的罷。但這並不曾安慰了他大大地枯乾了的心和大大地包裹著的黑闇。這個傲岸的，他想；這個虛無的死啊——

門鈴響了起來。

「這樣的日午……」老喜於是說著，應門去了。

房先生收起菸斗，把絲絹方方正正地疊成方塊。他的心慘愁得不堪了。他感覺到從未有過的大孤獨在他枯乾的心裡結著又細又密的網，使他徒然地掙扎不開來。他恍然的感到，他的大半的生涯裡，一直便是這樣獨孤的呵。他想著妻，妻卻只留給他一個無眉目的空臉，留給他彷彿一座古刹也似的沉靜；他想著來這裡以後前後的若干女人，然而她們留給他的卻只剩留幾種模糊的口音和不同牌子的香水氣味罷了。他想著老喜，卻想不出除了「房處長，房處長」以外的什麼。他想起兒子，這個與他共度二十五年歲月的兒子，如今除了他踽踽地走出大門的姿態，以及遠遠地注視著車子裡的自己的那種犬儒式的神情，其餘的便只剩得一片蒼蒼的空茫了。

房先生於是開始拆讀書桌上的信札。他用一隻米黃把柄的小裁刀開著那些都用很好看的毛筆字寫著他的名字的信封口。

老喜走進房子。他說：

「一封限時信。」

房先生沒有抬頭，依舊讀著手上的信。然而不久他便被老喜的「一封限時信」的變異的聲調詫異得抬起頭來。

「是一封限時信。」老喜說。

那是一封頗爲鼓鼓的信。信封用原子筆寫著很醜劣的字。

房先生開始讀著。讀了許久。書房裡像墓穴似地寂靜起來。房先生又復讀了許久，許久。然而他終於說：

「是他的信。」他說，微弱得彷彿晨曦中的一線蛛絲。然則那聲調是興奮著的：

「我早說過，這孩子，便是要去，是不會不留一箇字給我的！」

房先生回過頭去望著窗外。窗外的夏在日午裡兇張得很是昂然。房先生流著眼淚了。

「房處長，房——」老喜吶吶地說。

兩人沉默了一段時間。房先生說：

「老喜。」

「是。」

「老喜，今天幾號了？——七號？」

「七號。七號，房書記官。」

「那麼便是今天要來的了。」

「……？」

「是恭行的信。死前寫好的，彩蓮轉寄了來的。老喜，你老實告訴我，他和彩蓮的事，你知道不知道？」

「彩蓮？——房處長！」

「彩蓮。就是走了沒有多久的下女。彩蓮，可不是？」

「啊，啊啊！」老喜喫驚的說。

「信上說七號——今天要來。你馬上去給我提筆款去。」

老喜出去以後，房先生把書房密密地關起來，他走到最後一個書架，從最高的一格取下一大隻木箱。木箱的鎖果然是開著的。他翻著自己一直秘藏在裡頭的四、五十年前的書籍、雜誌、剪輯和筆記，發現每一頁都塗著兒子的新鮮的眉批。房先生茫然地翻著，漣漣地淌著淚。他彷彿聽見兒子的聲音在信上說：

讀完了它們，我才認識了：我的生活和我二十幾年的生涯，都不過是那種你們那時代所惡罵的腐臭的蟲豸。我極嚮往著您們年少時所宣告的新人類的誕生以及他們的世界。然而長年以來，正是您這一時曾極言著人的最高底進化的，卻鑄造了這種使我和我這一代人萎縮成爲一具腐屍的境遇和生活；並且在日復一日的摧殘中，使我們被閹割成爲無能的宦官。您使我開眼，但也使我明白我們一切所恃以生活的，莫非巨大的組織性的欺罔。更其不幸的是：您使我明白了，我自己便是那欺罔的本身。欺罔者受到欺罔。開眼之後所見的極處，無處不是腐臭和破敗。我崇拜您，但也在那一瞬之際深深地輕蔑著您，更輕蔑著我自己。我無能力自救于這一切的欺罔，我唯願這死亡不復是另一個欺罔……

一張發黃的照片飄落。那是一群大約二十七、八歲的青年們圍坐一張長桌的照片。桌子上滿是書籍和文件；青年泰半都蓄著長髮，養著鬍鬚。年輕時候的房先生端坐在右首的第二。看著自己的蓄著列寧式的鬍子的臉，房先生便自然地想到兒子的也是蓄了鬍子的仰面的死臉。那是多麼久以前的事；那是多麼遙遠的一個小亭子間裡的事了。

彩蓮在約莫近四時的時分來了。一個矯健而俗惡的年輕的女子。但坐在自己熟悉的舊主人的書房裡，她卻一直都靦腆地低垂著頭。

「他告訴我：一旦我要用錢，便把他留下的那封信寄給你。」她說。

房先生沒有說話，也沒有看她，他想著孩子的信，它說：

「……她是個凡俗的女子。（倘若用您年少時的語言，她原是一個新天新地的創造者。）是她引誘了我。我不想求您收容她，因爲那是您所不能夠的罷。我確知，那時代的您，早已死去了。然而我要告訴您的，是她在所有的凡俗中，卻有強壯、有逼人卻又執著的跳躍著的生命，也便因此有彷彿不盡的天明和日出。這一切都是我忽然覺得稀少的。我因此實在地對她有著怳然的迷戀。」

女子開始在這緘默的威脅裡，逐漸地膽怯起來。她說：

「我不多要。五千就好了……」

「……」

「五千就好了。我要拿掉這孩子。我上班，不能要孩子……」

說著她便哭泣起來。很是樸質、很是凡俗地哭著，發著抖。

房先生終於站立起來，對老喜說：「給她一萬，叫她以後不要再來。」

房先生沉重地坐在柔軟的沙發上。

「不，我想……」彩蓮說。

房先生看見她安寧地站立了起來，理著裙裾。

「我想，錢，就不要了。」她說，「我要這孩子，拿掉他，多可憐。」她自語似地說，於是便走了。

初夏在四時許的日午中遊蕩著。他看到自己來臺之後在黨政圈中營建起來的世界；他底一向那樣堅固、那樣強大的世界，竟已這般無助地令人有著想要嘔吐的感覺，而搖搖欲墜了。

——約爲一九六六年所作，一九六八年入獄后友人以化名發表於一九七三年八月《文學季刊》一期

纍纍

早點名的儀式之後，值星官說：

「各位官長，請便。」

於是魯排長和幾個軍官便從隊伍的前頭悄悄地散了。暮夏在八月的淸晨中流動著。除了沒有春的嫩綠，這個時刻裡的一切，和春是十分彷彿的。很溫柔的旭光，照在這個僻靜極了的兵營，照著惺忪的操場上的野草，也照著兵營依傍著的一對小小的山巒。自從許多日以前，魯排長忽然覺得這方寸的操場和這樣的淸早的氤氳，竟很像那已然極其曚矓了的北中國的故鄉。這自然是十分無稽的。

「看哪，看見那靑靑的山嗎？」

姊姊扶著他站在木櫈上。他伸著十分熱心的脖子，在一望無垠的高粱田的那邊；在澄澈得無比的一片晴空中，看見一線淡青色的，不安定的起伏。

然而那卻眞是故鄉的山，而且是唯一鮮明地印記在他底靈魂的家鄉的景象了。然則就連扶著他指示著那麼遙遠的青山的姊姊，在他的記憶中，也只剩下一個暗花棉襖的初初發育身影罷了。

節拍很急速的早點名的軍歌聲，陸續地打破了這麼一個安靜的早晨。魯排長看了看手錶，今天連上的早點時間竟然提早了約莫十來分鐘的光景。很多種色的一群狗們在操場上遠遠地追逐著。魯排長深深地吸了一口氣，覺得神奇地飄忽起來。他看著逐漸明亮起來的天際，覺得有些惋惜。再過幾個鐘頭，太陽便要兇張起來的。那麼一切又要回到刻板的日課裡的罷。

回到房間的時候，魯排長看見同房的錢通訊官在刮著臉。刀片像是很喫力地刈著那一片執拗的鬍髭，刷刷地作響。魯排長把軍便帽丟在床上，喝著隔夜的冷開水。遠遠地開始有些機動部隊試車的轆轆聲了。陽光也在什麼時間點亮了尤加里樹，密茂的樹葉成團，圓圓地好像一朵朵的雨傘。然而魯排長忽然覺得今晨怎樣也忍捺不住那執拗的刷刷的聲音。錢是個強壯而多鬚的人，他的猥談精彩而且動聽。此刻他在鏡子裡注視著魯排長，用漿滿皀沫的嘴唇小心地笑著。

魯排長也于是無奈地笑了。他坐著，覺得自己在默默地興奮著；覺得一種不可言說的力量在流動著，擴散著。

「愁什麼？」錢說，狡慧地笑著。

「嗯！」魯排長說。過了一個片刻，兩人不約而同地放聲笑起來。魯排長想起來昨夜的一場緊張的百分，結果他輸了。今天關餉，他得做東！

這個記憶使他開心了。多麼刺激的賭注，爲什麼好些年來竟沒有人想起來呢，他想。鬥鷄眼的李准尉也走進來了，哼著一隻走了調子的流行歌。這些無理的歡悅彼此傳染著。他們都是走出了三十若干年的行伍軍官，雖不說年輕，卻滿溢著一種生命的頑強的力量。特別是今天，他們彷彿在過一個節日。

錢洗掉皀沫，露出一個乾淨而有力的下頦，發著青色的光。他對著又小又圓的鏡子左右照著臉，撫摸著。魯排長看著他，彷彿有些茫然了。他看見錢的壯年的男體，每一線輪廓每一塊肉板都發散著某一種力量。他們都一樣地強壯，一樣地像剛剛充過電的蓄電池那樣的不安定。魯排長開始在他最深的底層裡感覺到一種極其微末的動悸了。這種動悸一直像細流一般涓涓不住，已經有半個多月的時光。在戀枕的片刻，在淸晨的氤氳中，在炎陽的風景裡，在別人午睡的鼾聲中，這涓涓的感覺一直那麼無可漠視地統治著他。現在他似乎在他的同伴中看見這細長而執著的水流，也同其汨汨在他們的生命裡了。他搜出一支軍菸，劃上火柴，在火光中看見自己的手因汗水發亮著，像晶晶的群星一般。

門外有一輛吉甫開動，載著胖子連長到軍部去了。疾馳的聲音和細細的灰塵使三個軍官互相地照了面。

「胖子眞忙得起勁哩！」錢終于說。

沒有人答話，魯排長緩緩地吐著煙。這頗使錢覺得寂寞。

其實他們都寂寞的。胖子爲升上一個梅花的事，奔跑了將近半年。昨天帶回來消息說，成了。這是很令人疼苦的。因爲它平白地擾亂了他們欺罔中的一種安定，使他們無端地想起自己的年資、前程等等無謂的事。

「少校又如何呢？」

錢笑了起來，那聲音是很衰弱的。李准尉打開他的收音機，正是「早晨的公園」

裡的那種可笑而愚蠢的聲音。「少校又如何呢？」他們都默默地自問著。誠然，少校確是不足以如何的。然而他們之中從兵而士官而至於准尉、少尉的歷程來想，少校似乎是一個極爲遙遠的地點的。魯排長驀然想起了那一年在上海的一張募兵招貼，上面說：「……結訓後一律中尉任用。」如果真的是那樣，如果十數年前結訓時自己便是個中尉，到現在早已掮上星星了。

「看看這些糟小子們！」錢忽然說。

他們圍到窗邊去，看見不遠的草坪上，有一對正欲交媾的狗。暮夏是牠們的季節，大大小小的狗們整天失神地追逐著，流竄著，忙碌著。幾個不上操的兵們遠遠近近地竚足觀看，不知不覺地流露著彷彿發笑的臉，都在一種怔怔而且茫然的感動之中。太陽開始有一種火炎的威力，照在這一小幀風景的每個角落，也照明著這一小幕生之喜劇。忽然間一剎那的寂靜落在這一幕生之喜劇裡，寂靜得聽得見一種生命的緊張和情熱的聲音，使得人、獸、陽光和草木都湊合爲一了。

於是有些士兵們走開了。三個軍官從沉默裡甦醒過來。儘管錢發著輕浮的笑臉，魯排長總是拂不去那種荒蕪的心悸的感覺。他喝完剩下的冷開水，注視著努力要分開卻分不開的狗。陽光在牠們十分美麗的皮毛上喘息著。日曝的操場都漸漸地在日光中發白，都閃爍著。

「第一次看見這種事是我十七歲的時候，」李准尉說。大家都看著他，使他略略地有些驚惶起來。

「從東北逃難到青島的路上。那天夜晚天氣忽然有些暖和了。大批大批的人在車站上等車開，睡在月台上。半夜裡醒來的時候，看見旁邊的一對夫婦……其實誰知道他們是夫婦的呢？月色好得很，撩撥著淡薄的雲。我從來也不知道這樣的事，但一下子也便明白了。」

大家笑了起來。然而還是很衰弱的笑。

「這大約也便是小時看見鷄鴨們領會的罷，」這回卻是准尉自己一個人笑著：「但也記不清楚爲什麼一翻身便又睡過去了。」

「亂世裡什麼事都有的，」錢說。大家都很期待他說些什麼。然而因爲尋常都是在熄燈前後的夜分開始的，所以在這樣的晝亮裡，竟覺得不太習慣了。

「那年要上船的時候，碼頭上多的是女學生，女青年團，只要你能帶，再俏的也是你的。」

這並不是新鮮的事，他們都想起那些戰亂的歲月、那些像虫豸一般的低賤的生命、那些離亂的夢魘了。

「有一個像極了我的二表姊。你們知道我自小就愛著二表姊，便是到了我結婚以後也是如此。然而我一點法子也沒有，我才只是個小兵。我尚記得那個方方大大的白臉，那雙眼睛。」說著，即使是像錢那樣的人，竟也有些暗淡下來了。自然這暗淡是很稀薄的，但在那一個瞬間裡，他的心確乎是沉落的，沉落到他那多山的家鄉去。

錢並不常常提起他的二表姊，但是伊的白皙，伊的雙眼皮的大眼，卻成了不甚一致的形象居住在三人的心中。

「……那時伊只是說，大弟，大弟！但卻一恁我死死地抱著……」

魯排長和李准尉都記得這段情節。那時尚有人猥瑣地笑起來，但後來都沉默了。主要的是錢說著的時候，並不顯得輕狂，而且在眉宇之際浮現著一種很是遼遠的疼苦之故。這樣的微細的痛苦，也竟輕輕地泛濫起來。那情節的場面自然是十分煽情的。但是在這煽情之中，卻使他們也依稀地記起來一些日復一日地變得模糊的離散了的親屬們了。

魯排長於是又想起了他的妻。由於他是個緘默的人，加以他天生是個不善於猥談的緣故，在同僚之中，從來沒有一個人知道他有過媳婦的事。

但是他一直覺得迷惑的是：何以在婚後伊巧妙地設計使甫入少年的他成爲夫婦，但一旦他縱溺起來的時候，伊會有那種古風的從順中的倉惶和痛苦的表情。那時候，他幾乎不能使伊在夜裡好好地安眠過，但是天一亮，伊是必須起身的。當他在近午的時分醒來的時候，伊便端給他一碗想不起來到底是什麼的熱湯。

「做什麼？」他雖是問著，但終於貪婪地喝個精光了。

畢竟是個孩子呵！每次回想起來，他總是在心裡笑著。

「給補補元氣的。」伊說。北中國的陽光，透過紗帳，照著伊的疲倦而忠實的臉。在那個時候，他方使開始感覺到這個長他四、五歲的女子，對於自己的生命的某種互相縈根的親切的意義。

不到一個月，戰火和少年的不更事，使他一點也不知憐惜地離開了伊，離開了故鄉。到了今天，竟連伊的名字也不復記憶了。而漂泊半生，這個苦苦記不起來名字的女子，卻成了唯一愛過他的女性，那麼倉惶而痛苦地愛過他。從來再也沒有一隻女人的手曾那麼悲楚而馴順地探進他的寂寞的男子的心了。魯排長漸漸地憂愁起來。

准尉的收音機唱著總是大同小異的歌曲。操場上開始有練兵的號令聲。行政官提著一帆布袋的餉銀，走過他們的窗口，笑著。他們都霍然地像彈簧一般地站了起來。准尉無可奈何地讓收音機唱著「法門寺」，伸起懶腰來了。現在陽光幾乎成了全白的顏色，直射著軍車和兵營，致使它們似乎也徐徐地冒著裊裊的煙。魯排長注視著那散落著兵士的草地，很稀奇地又復覺得它何以能給他一種熟悉的感覺。他細瞇著眼，看見許多的狗們依舊在不住地追逐著。

他們都得了餉銀。他們把原先計劃在晚上去辦的事，提早到中午了。據錢說，到了晚上，士兵們也去的。大家都同意了，魯排長是東道，自不便反對。因爲他們漂浮得好像在過一個節日，一種生命的波動使他們漂浮著，暮夏的陽光叫他們漂流著，浮沉著……

三個健壯的軍官洗過澡，換上一身漿燙畢挺的軍衣，坐在吉甫車上。他們出發的時候，正是午睡的時間，所以這整個營區，都落在一種疲倦的寂靜裡。車子慢慢地駛過操場，於是車上的魯排長便覺得這個像圖片一般木然的正午的風景，在徐徐地，執拗地旋轉起來。野草在陽光中怒然地伸張著；一排排高度劃一的尤加里都勃然地竚立著。炎陽雖然使石頭、車輛、破輪胎和營房看來壓迫和氣喘，卻使每一種植物都顯得昂奮，顯得緊張。

魯排長在努力尋找著一種在他裡面逐次明顯起來的感覺。他不能夠說明這種雖然很具象卻同時又極模糊的感覺；一種生命的呼吸；一種使人覺著自己實在地活著的那樣的不可思議的歡悅：原始而又含蓄的歡悅。他忙於捕捉這個從未有過的思緒，到了沉思的地步。車子通過營門口的時候，衛兵像彈簧似地立正、敬禮，魯排長沒有回禮。他於是忽然想起了澡堂裡的一個年輕的兵了。

就在下午洗澡的時候，魯排長看到一個年輕的士兵，覺得十分的滑稽，因爲他有很可觀的男具的緣故。最初魯排長只是對自己笑了笑。終於感覺到不能夠不多看他一眼的那種力量。年輕的兵洗得高興，便唱著歌，一些粗糙悖耳的軍歌。然而那的確是令人納罕的偉觀的。那樣的纍纍然，已經超過了穢下的滑稽。忽然間，魯排長對於滿澡堂裸露的男體感到一種不可思議的稀奇。他從來沒有注意到這種毫無顧忌的裸露的意義。不論是年輕的充員兵，年壯的甚至於近乎衰老的老兵，不論是碩大的北方人或者嶙嶙的瘦子，都活生生地蠕動著，甚至因爲在澡室裡都顯出孩提戲水時那樣的單純的歡悅。這種歡悅是令人酸鼻的，然而也令人讚美，因爲他們都活著，我也活著，魯排長想。而對於這些人，活著的確據，莫大於他們那纍纍然的男性的象徵、感覺和存在。

車子在公路上飛馳著，太陽光落在公路上發亮。然則因爲疾馳的緣故，車上卻是十分涼爽的。後座上正談笑得熱鬧，大約又是錢的猥談罷。魯排長從口袋裡一疊鈔票中摸出半包的香菸。他有些沉重起來，因爲這時他已經記起來一個空曠的野地。那時候他尙未到達上海，在兵亂的大濁流中，他走過了一個山村，再經過數日的山路後，便是一小片圓圓的曠地。記得是暮春的時節罷，儘管春寒仍舊料峭，但陽光卻已經很是美麗了。突然間，一陣風挾著十分濃重的腐臭撲來，就知道了遍地皆是死屍。

在戰爭的年代裡，死屍並不嚇人。想起來諒或是一個戰場罷。至於爲什麼許多死屍都裸露著，就無法理解了。

就是那些腐朽的死屍，那些纍纍然的男性的標誌，卻都依舊很憤立著。

魯排長從這個纍纍的印象的復甦，正確地想起了和兵營的操練場相關的風景。就是那塊曠地，中部中國的某一個曠地，兵亂中的曠地，屍臭的荒蕪的曠地。

「看哪，看見那靑靑的山嗎？」

魯排長望著公路邊遠遠近近的山，悠悠地想到故鄉的小姊姊的山；想到一望無垠的高粱美地；想到那一絲好似海市蜃樓般的靛青靛青的線的很是不安定的起伏。這起伏又使他想到留在故鄉的女人：那個倉惶而痛苦的女人。他突然地寂寞起來。他把菸丟到車外，滿滿地感覺到需要被安慰的情緒。好在他們正是在尋找這種安慰的路上。錢要帶他們到那裡去呢？

魯排長於是有些開心起來。活著總是好的，他想。他好像又看到澡堂滿滿的纍纍然的光景，像一片果樹園上的纍纍的果實，止不住一個人笑出聲來。

魯的笑聲，正巧趕上後座上的一個笑話：關於近來的雛妓們的年齡越來越小的事。笑聲很是穢下，然而不久也就飛散在路邊去了，因爲吉甫像一陣疾風似地馳走著，頃刻間便消失在轉彎裡去了。

——約爲一九六七年之作，一九六八年入獄後，友人以化名
發表於一九七九年十一月《現代文學》復刊九期

賀大哥

1

坐計程車趕到臺北國際機場，已經是午后四時了。我跳下車子，匆匆地在機場的樓下、樓上繞了一圈，並不叫人擔心地看不見賀大哥。五時十五分的班機，畢竟是早來了。我走出機場，看見臺北的秋天的陽光，照在機場正對面的民航大樓，使那弧形的建築，反射著一片白色耀眼的光芒。圍著機場前面大噴水池的杜鵑籬笆，已經被穿梭不停的車輛揚起的灰塵，蒙上一層厚厚的泥土。我走進噴水池的小公園裡，回頭看著機場。它像最近十年間在臺灣各地新建的寺廟，說西不西，說中不中的樣子。機場門前有用水泥砌得索然得很的安全島，種植著一片暗紅大葉的小灌木。在這暗紅的小灌木間，等距地種著修剪成半球型的、深綠色細嫩葉子的常見而不知其名的小樹。在這深綠色的小半球之上，且以更大的等距，種植著修剪成頎長的等邊三角型的，更爲常見，又不知其名的針葉樹。陽光爲它們劃分出甚具幾何趣味的光暗；整個安全島便呈現出一種都市的、呆板的、舞台一般的景致。

噴水池的左右，參差錯落地停滿了各種式樣、各種顏色的車子。噴泉不曾打開，使大理石砌成的方型的水池，顯得異樣的荒蕪和孤寂。有兩三群送行的人，正在爲他們遠行的親友拍照。

早上十時許罷，正準備出去上課的時候，大學醫院精神科的謝紹美來電話。

「你的那個老師剛走了。」她說。

「哦。」我說。

「今早剛過九點，大使館的人和美國來的醫生，還有你那老師的家人——她母親，還有……」謝紹美停了一會，說：「還有，唉，你知道他在美國有太太嗎？」

「哦。」我說。

「你知道嗎？」她說：「人家他在美國，已經有了太太。」

「我知道，」我脫口而出地說。

「哦哦……」她說。

其實，我當然不知道。不過，如果賀大哥眞是個遺忘症的患者，他曾告訴過我的一切關乎他的過去，都會變成一堆他「假造」的故事。

「這兒的院長、科主任醫師丁教授也來了，」她說：「在病房裡，中國人和外國人，嘰嘰呱呱地講英語。後來丁教授說他們要立刻送他回國。」

「賀大哥他……」我說。

「賀大哥？啊，見鬼喲，」謝紹美說：「他根本不姓Hopper，查出來了，他的眞姓是Chalk。粉筆的英文單字，就是那個Chalk。」她迅速而自抑地笑了幾聲，「總之，小曹，在美國，人家找他也找了好幾年，楊大夫說的。這下好了，找到了他，趕快要把他送回去。」

隔著電話，我聽見謝紹美歎了口氣。我用雙手捧著電話。不是說很難過的，但眼淚卻那麼悄悄、悄悄地流下面頰。

「小曹，」她說：「你幹嘛了？」

我努力地搖頭。

「小曹！」她說。

我嚥了嚥口水，說：

「嗯。」

「幹什麼呀，你。別難過了。」她說。

「不會的。」

「啊，對了！」謝紹美恍然地叫了起來，「你看我，正經事不提，廢話一大堆。我告訴你啊……」她鄭重地說：「他們訂好了下午五點十五分的班機，馬航的。」

「哦。」我說。

「今天，無論如何，過來看我，」她說：「叫我放心，懂罷？」

「嗯。」我說。

我從機場門口的小廣場，走到機場入口的走廊裡，漫不經心地挑了一個入口大門站著。一輛一輛的計程車載來遠行和送行的人們。有一輛中型巴士放下十來個一看就認得出來的日本人，矮小的個子，小號的西裝。他們吃重地搬下包包袋袋的東西，然後列成並不嚴格的隊伍，在導遊的招呼下，走過我的身邊，走進機場。隊伍的末尾，是兩個穿著齊整的和服的日本老婦。其中的一個，且有些佝僂了。當我茫漠地想起一年多前讀過的一本叫做《菊花與劍》的書，忽然看到一輛並不很新的林肯，戛然地停在離我不遠的斜對面。另一輛橘紅色的計程車，就在我看著看著的俄頃，喫著林肯的尾巴，停了下來。有那麼一個片刻，兩部車就是那樣地停著。然後兩部車的車門忽然地都打開來，忙亂地下了一批人。他們安靜地等著最後從林肯下來的，長髮、亂鬚，形容疲乏的外國青年。

「賀大哥！」

我的突然悸動起來的心，無語地叫了起來。

住院不及一月，賀大哥就變得青蒼起來，並且顯明易見地胖了。林肯車上下來的，除了賀大哥，是一位高大的，蓄著整齊的杜布西鬍子的，穿著剪裁精緻的灰褐色西裝的，五十開外的外國紳士；一位濃粧的外國老婦人，和一位紅髮的，精瘦高挑，臂上掛著一個惹眼的大手提袋的三十左右的外國女人。橘紅色計程車上下來的，是一位壯碩的，蓄著短髮，帶著墨鏡，穿了一套藏青西裝的中年外國人；一位四十來歲的，皮膚黝黑，在髮上抹著稀稀的一層髮蠟，帶著金邊眼鏡的中國人。

這一干外國人擁著賀大哥走進機場。賀大哥的變得分外白皙了的，微微地發胖了的臉上，有一種痴呆的、羞怯的表情。他不時地輕咬自己的嘴唇；不時地用右手捋著他的粗糙的、暗褐色的鬍髭；不對什麼人地、不爲什麼原由地笑著。我隔著五步左右，跟隨他們走向馬航的櫃台。一位很胖的外國人早已在那兒等候著他們。他和賀大哥以外的每一個人握手，然後帶著他們走進櫃台後面，沒經過檢查，沒經過劃位，一直走進候機室裡去。

我慢慢地爬上樓梯，到了二樓。看看腕錶，是四點五十分。比二樓的掛鐘，快了約莫四分鐘。我不知道那些外國男人是些什麼人。但那年老的婦人，想必是賀大哥的母親罷。而那精瘦、高挑的女人，難道就是賀大哥的妻子？她看起來比賀大哥要大上三、四歲。然則賀大哥曾說他的母親在他大學畢業那年死了；他曾說他的母親是科學家，在大學中教理論物理。「但是她也是一個熱心的種族平等主義者和和平主義者，」賀大哥曾說：「不過她仍然相信美國的民主制度是改革美國的重要的希望，雖然甘迺迪和馬丁路德·金恩被刺殺的事件，差一點使她崩潰。」但是，像方才看見的，濃粧得怎麼替她掩飾也不能不說她打扮得太過野俗的那個美國老婦人，無論如何，也和我想像中的賀大哥的母親對不上頭。

二樓裡，送行的人們都各自簇擁著他們即將遠行的親友，有的喁喁地說著話，有的一張又一張地拍著照片。鎂光燈像小小的閃電，不時地在這裡、那裡閃爍著。我的心緒有些混亂，有些空茫。我無目的地瀏覽著幾個販賣土產的櫃台，忽然買下一個由暗紅、粉紅和鵝黃的人工花綴成的送行的花項圈。我知道，這個花圈，是怎麼也無法套上早已被挾擁著進入侯機室的賀大哥的脖子。不過，整個早上，一心一意要來見賀大哥最後一面，甚至於想著能不能親口對賀大哥說：「賀大哥，振作起來」；或者以他曾無數次說過的話告訴他：「我們用我們的苦痛、眼淚、孤寂，甚至生命，去迎接將來的美麗的世界……」，但是賀大哥身邊那幾個人所造成的圍牆，使我和賀大哥之間，雖然只有幾步之隔，卻迢離著千山萬水。我的手緊緊地抓著花項圈，彷彿只有這項圈，才能使我一整個早晨爲賀大哥翻騰的心，有個落實的地方。

我提著那由深紅、粉紅和鵝黃的人工花所綴織而成的項圈，一步步走下樓梯。當我走出機場的出口，伸手攔住計程車的時候，用英、日、中文播出，五點十五分飛往東京轉往檀香山的馬航班機開始登機的廣播，從機場裡沉靜、愉快地傳來。

「啊，賀大哥！」

我無聲地叫了起來。我驀地撇下計程車，轉身跑進機場，跑上二樓，匆匆地買了票，衝進送行的看台。

飛機場上停著不同國籍的、不同裝飾和標誌的巨大的客機。旅客們一走出侯機室，大都回過頭來仰望送行的看台，搜尋他們各自的送行的親友。在通向馬航班機的通道上，我終於看見了賀大哥被前後左右簇擁著。他們是少數一些不用回頭來和送行的人招手致別的一群。賀大哥彳亍地走著，若無其事地走著，不時由他的母親矯正行走的方向。到了登機的梯下，賀大哥似乎猶疑著。那個帶墨鏡的男人用右手環抱賀大哥的肩膀，低下頭和賀大哥商議著什麼。然後賀大哥彷彿很怡然地踏上了梯子，頭也不回地走進馬航班機的巨大的、漂亮的機艙。

在賀大哥漫不經心地走進機艙的那個片刻，在一片空茫的我的心中，突然清楚地了悟了一件事：對於我，賀大哥已經從這個世上消失了。從今以後，我必須離開賀大哥，一個人生活，就像蒲公英的種子離開了枯萎的花朵，乘風而去，飛向遼闊無垠的世界。

我把花圈掛在隔開送行看台的幾個區域的鐵絲網上，轉身走開。就在我轉身的時候，我看見離我不遠的地方，站著方才送賀大哥的那個面貌黝黑，打著稀薄的髮蠟的，帶著金邊眼鏡的中國男人，默默地在秋天的陽光下，注視著停機場。

我走出機場，招來計程車，跳了上去。車子繞過機場前面的草坪和大噴水池的時候，我忽而想起方才走出陽台的旋轉門時，正好瞥見我留在鐵絲網上的，綴著暗紅、粉紅和鵝黃的人工花朵的項圈，在秋天傍晚的微風中，微微地顫動著。

「大學醫院。」我對司機說。

2

認識賀大哥，是今年暑假剛開始不久的時候。

期末考一結束，我們「慈惠社」就開始計議已久的服務計劃：到市郊小鎮裡一家天主教辦的「聖心小兒痲痺復健所」去當義務復健員。我們已經按著個人的專長和興趣，填好了表格，決定了每個人自己的服務項目。我自小喜歡塗鴉，就決定到手工藝部門去。

我記得很清楚：我們社裡七、八個社員，懷著辦郊遊兼慈善工作的心情，坐了公路車抵達市郊的T鎮的時候，是一個一晴如洗，艷陽高照，卻並不炎熱的六月底的早晨。我們下了車，又沿著一條歷史很久了的鐵路，走了十五來分鐘，一個猛轉彎，立刻就看見一個小小的渡頭，呈現在一條小小的斜坡的盡頭。渡頭上的大榕樹下，有兩個漢子坐著默默地抽菸。他們的身旁，有一擔空擔子、一輛機車、一隻土狗。渡船在河中央，正望著渡頭這邊撐過來。

河上有一層薄薄的迷霧。渡船上只有一個乘客，細看是一個高大的外國青年。河水潺潺地流著。我們幾個在都市裡長大的孩子，都摒息定睛地看著那漸擺漸近的渡船。小周收起她的花洋傘，說：

「好棒！」

她當然是在說河上渡舟的景觀之美。儘管在一層薄薄的水霧之外，城市的高樓依然遠遠地參差著；儘管看得見在河的對岸的蜿蜒著的公路上，有雜沓的車輛，眼前的渡船，卻使我們回到我們從不曾生活過的田園的、牧歌的、想像中的過去。

渡船已經撐出了水霧。或者由於一臉鬍鬚的緣故罷，船頭上的外國人，看來並不若想像中的年輕。他的髮鬚，在艷陽下，有些枯索，卻閃耀著金紅的顏色。他的衣著隨便，像校園裡偶爾一見的外國學生，甚至說得上有些邋遢。然而他的健碩的身材，使他看來猱捷、粗糲。他就是那樣安靜地站立著，在潺潺的水流聲中，隨著安靜的渡舟，安靜地靠上渡頭。

渡頭樹下的兩個漢子丟掉香菸，一個挑起只裝著肥皂粉、醬油和一打汽水的擔子，一個扶著半舊的本田五十機車。土狗用力地搖著尾巴。

「一次只坐八個人，」社長洪俊男說：「我們分兩次渡。」

除了我和小周、小珊，他們都在興奮地搶著上船，船一擺盪，小邱和阿娃就尖聲地叫。那異國的青年安靜地打從我和小周的身邊走過，留下一股淡淡的男人的汗臭，一步步走上斜坡。

「好漂亮的嬉皮袋，」小周說。

不曉得用什麼織成的赭紅色的、帶著長長的背帶的嬉皮袋，以鮮艷的顏色，配織著顯然是印地安人的圖樣——火紅的太陽、昂立的駿馬、展翅欲飛的梟鷹。

在小小的斜坡的半途，他一邊走，一邊把袋子從右肩換到左肩。我想起錯身而過時的他的臉：日晒得發紅的臉，瘦削的、濃眉的臉，蓄著彷彿聖誕卡上的耶穌的鬍子的臉。

一到復健中心，修女們以很高的效率爲我們做簡報，並且花了一整個早上做簡單的講習。中午吃過飯，我們在安排好的客舍睡午覺。下午修女就開始領我們到各自志願的部門去服務。

不料我和葛修女一進美工部，就看見上午在渡頭上看到的外國青年，正在幫助一個病童鋸一塊木頭。

「這是Mr. Hopper。所裡的孩子都叫他賀大哥，我們也乾脆跟著叫。」葛修女笑著說。

他直起身來。我這才看見他有一雙開著很清楚的雙眼皮的大眼睛，只因爲眼珠是棕色的，所以上午在渡頭上乍看之下，不曾注意。

「你好，」他笑著說。

「美工、手藝方面的人，不好找，」葛修女說：「所以賀大哥一直是一個人，很辛苦。」

賀大哥張開嘴笑。在蓬亂的鬍鬚下，我看見兩排潔白的、略長的牙齒。我有些侷促起來。我正努力地自忖著一向因著富裕的出身而從不在人前扭愡失措的我，何以有這侷促時，葛修女卻不聲不響地離我而去。

「我能做些什麼啊，賀大哥。」

我感覺到必須立刻說些什麼來驅除我的侷促而近乎反射性地說。

他和平地凝望著我。在沒有冷氣的房間內，他早已輕微地冒著汗。

「早上我看到你們，」他說：「卻不知道就是你們。」

他把每一個中國字咬得很準確，卻不能就說絲毫沒有外國人獨有的腔調。因爲他的腔調，因爲他的「早上我看到你們，卻不知道就是你們」的這一句未見得不對，卻聽來古怪的話，我忽而愉快、自在地笑了起來。

賀大哥說早上他過河去幫人家補習英語。

「這兒的工作是義務工作，」他說：「我得另外賺錢吃飯。」

「你是天主教徒，我猜。」

「才不是呢。」他說。把「呢」字拉得異樣的長。

「哦，」我說。

「剛剛相反，我是一個談無神論的人。」

他開始回到他的工作。我默默地走到工作台邊。一個坐在輪椅上的，面目清秀的女孩，開始用她的枯萎了的兩手，拉著一支鋼鋸，把咬緊在鐵架上的一小截圓木頭，循著畫好的直線，鋸成兩半。賀大哥用手拉著鋸子的另一頭，引導不能隨意運動的對方的拖鋸的方向。

「要仔細的去感覺，」賀大哥對聚精會神地拉著鋸子的女孩說：「感覺拉鋸子的時候，你的手指、肌肉的……怎麼說呀？」他抬頭看望著我，「feeling，啊……？」

我想了想，「手上的感受，」我說。

「感受。」賀大哥如釋重負地笑了起來。

這時候，有五、六個做水浴按摩的病童，或倚杖、或乘輪椅地衝進美工室。

「賀大哥！」孩子們叫著。

他站了起來，兩手叉著腰，看著頭髮依然潮溼著的孩子們，各自找到他們的工具，開始鋸的鋸，刻的刻，捏的捏。就在那個片刻，我抬起頭來，看見賀大哥並不在笑著的臉上的眼睛，棕色的、開著分明的雙眼皮的大眼睛，流露著一種發自內心極深之處的愛的光芒。

「現在，你可以幫忙了。」

賀大哥突然轉過臉來說。

賀大哥要我爲手和手臂的機能恢復得較好的病童，在三夾板上畫些簡單的圖案，讓他們或刻、或鋸。

「你想鋸什麼東西？」我對一個下巴尖尖的、白皙的男童說。

我依著孩子們的願望，畫出儘量把線條簡單化了的馬、公鷄、汽車和獅子。我悄悄地在孩子們專心勞作的台子間走著。我在一個用有顏色的蠟捏塑著什麼的小男孩面前停住。仔細地端詳了，才猛然地看出他的手裡塑著的，是一座粗臂、壯腿、英昂地屹立著的人像。

我看著他的因病而枯乾了的、而歪扭了的、架著不鏽鋼腿架的右腿，一股熱氣迅速地佔滿了我的胸膺。就在那一刹那，我想起賀大哥的爍動著光芒的眼睛。

這以後的好幾個夜晚，當我們在客舍就寢前，在水浴按摩室成天穿著浴衣陪伴病童的小周，不時地和我竊竊地說著賀大哥的棕色的、「好溫柔的眼睛」。我總是笑而不語，想著並不住在所裡的賀大哥，到底住在臺北的什麼所在，想著他在什麼地方吃早餐和晚餐，想著他換下的衣服怎麼洗……

「好像不怎麼愛說話的是嗎？」

有一回，睡前饒舌的時候，小周說。

「什麼？」

「賀大哥，」小周說，一邊喫著糖蜜的橄欖，「好像是個不怎麼愛說話的人，是嗎？」

「哦，」我說。

我沉思起來。認眞地想，才發覺賀大哥眞是個言語並不多的人。

「是啊，」我對自己詫異著似地說：「眞的，他不怎麼說話，眞的啊。」

小周皺著她原本就長得小的鼻子，笑了起來。

「好性格啊，那個人。」她說。

事實上，我和賀大哥一起工作的時候，他的我所不曾見過的認眞、專注，尤其是瀰漫在他的工作中的眞實的關愛，對於我，在工作中的每一個時刻，都是滔滔不絕的，聞所未聞的語言。

我們的服務工作，很快地接近了尾聲。結束的前一天，我的心裡脹滿了焦慮、寂寞和悲傷混合起來的情緒。然而賀大哥卻依舊是那樣以他素常的專注工作著。

「賀大哥，」我終於說。

他正幫著一個小病童，在他好不容易鋸好的公鷄上塗著顏色。他抬起頭來，說：「自從你來。他們多做了好幾種圖樣。」

他的棕色的，有著很是分明的雙眼皮的眼睛。充滿了快樂。共事了將近十日，從沒有像這次那樣逼近地看過他的眼睛。他的棕色的瞳子。使我驀然地想起電視裡「動物世界」中的美洲的梟鷹的眼睛，卻沒有那鷹的狡黠和梟殘。

「賀大哥，眞快啊，」我裝著豁然的樣子說：「明天，我們要走了。」

「哦，」他放下畫筆，直起腰來。他的深褐色的眉毛，密密地植滿了整個眉骨。從腮到顎，繁亂地、卷曲地長滿了鬍子。他用左手無心地抓著左頰，說：

「哦哦。」

有那麼一個片刻，我們都沉默著，只剩下孩子們鋸木、刻木和刨木的聲音。

「賀大哥，你說，」我終於說：「你說你不是天主教徒？」

「不是。」他說。

「爲什麼你花費這麼多的時間……」我說：「我是說，花那麼大的氣力，在這裡。」

他露出他的異樣地整齊的、略微長了些的牙齒微笑起來。

「如果去愛人，如果……啊，我沒辦法用中文說。」

他於是用英文說，如果去愛人類同胞，變得需要有一個理由，這就告訴我們：人在今天已經活在如何可怕的境地。他說，如果愛別人，關心別人的事，竟只成爲一些稱爲這個或者那個宗教的教徒的事，這就告訴我們，這個世界已經不是人的世界。

他說著說著，他的棕色的，開著很大的雙眼皮的眼睛，逐漸地亮起一盞晶瑩的、熱烈的燈火。「幫助這些小孩，其實是幫助了我自己，」賀大哥說。「使我在一個人，一個人，」他著重地說：「從他的爬行的境地裡站立起來的努力中，認識到人的尊嚴……」

第二天用過早膳，我們「慈惠社」便離開了復健所。差不多大部分的修女都出來送行。但我卻沒有在送行的人當中看見賀大哥。

3

回到臺北，本該過幾天就回到高雄的家去的，卻不知爲什麼地逡巡著、猶豫著，而終於掛了一通長途電話，說是想「留在臺北多讀點兒書，」而延遲了歸期。

「讀書！」媽媽在電話中說：「讀了一學期了還讀不夠！」

「只幾個禮拜嘛，媽。」

「要讀書，把書搬回來讀，也舒服些。」媽媽說。

我想起祖父的自他死後便長年深鎖的大書房。曾祖留下一大片地產，使祖父成爲一個留學東洋歸來的律師。據大伯父說，學成方歸的祖父，曾和若干日本的名律師聯合組成一個律師團，爲臺灣的「思想犯」出庭辯護，而名噪一時；但也因而被日警當局目爲「危險思想」份子，受到苛擾。然而沒有多久，祖父就妥協了。他成爲「株式會社臺灣商工銀行」的沒有管理權而坐食紅利的股東，卻因而堅決地不讓他的兩個兒子攻讀文史。學了化工的父親，終於以化學原料廠再度發了財。祖父以高壽去世的時候，父親和伯父已擁有紡織、餐旅和建築方面的產業，而使祖父的葬禮變成高雄有史以來最熱鬧的葬禮之一。

大約也因這個「家風」罷，我的大哥讀醫，現在在加拿大；二哥學生化，目前在日本。而我則因爲是獨生的女兒的緣故罷，沒有「家風」的壓力，父親也就讓我自由地讀外國文學。書，倒是從小就愛讀的。然而，從復健中心回到臺北以後，抓起這本書，讀不下兩頁；拿起那本書，看不進去。比起賀大哥的一些話，比起賀大哥的虔敬的愛的生活，房間裡堆砌得花花綠綠的書，竟忽而顯得那麼不知所云，言不及義的啊。

我逐漸開始不可抑制地思想著賀大哥。戀愛的事，大大小小的，我也鬧過。但我左思右忖，這一次，無論如何是不像——或者不只是像另一個戀愛罷。我變得吃得少、睡得更少。我想著，那麼集中地想著賀大哥，卻不是想著他的溫婉的、棕色的眼睛；不是耽想著靠在他單薄卻寬大的胸懷裡，讓他巨大、多骨節而且長滿了茸茸的汗毛的手，輕輕地觸撫我的髮和背……我反反覆覆地想著他說過的每一句令我五內震顫的話，想著他刻苦的，卻又無由想像的豐富、火熱而又遼闊的世界。

「一定要，一定要看到那個人的世界啊……」

不止一次，在許多失眠的夜裡，我這樣呻吟著。

我終於跑到復健中心，出現在賀大哥的工作室時，他卻不在那兒。葛修女叫我到肢架試穿室去看看。我穿過種滿杜鵑花的院子，抄小路到試穿室。從窗口望去，我看見一個小女孩穿上量製過的腿架在所長、楊矯形外科大夫和一群修女面前，讓賀大哥牽著小手，一步步地走過來，又走過去。

也不知道她在地面上羞辱地、孤單地、恐懼地爬行了多少日子，到今天才站了起來的啊，我想著。我把臉貼著試穿室大窗子的冷涼的玻璃上，看見賀大哥終於放開了手，讓那清瘦的小女孩，一個人努力地、嚴肅地、興奮地邁開一步又一步。看著看著的我，竟也流淚了。

試穿完畢，賀大哥一打開門，就看見了我。我的臉，猝然地紅了起來。

「嗨！」他說。

他的眼中，還殘留著大量的，從試穿室帶出來的快樂。

「忘了東西，來帶回去是嗎？」他打趣說。

我告訴他，我想利用暑假把英文補好。

「爲什麼？」他說：「你英文不錯呢。」

我爲他的又被異樣地拉長了的「呢」，笑出聲來。

「可是賀大哥說的一些事，一些話，我還不全聽得懂。」我說。

我們談妥了補習的時間、地點和費用。當他送我到復健所的門口時，他說：

「事實上，有兩個學生剛剛結束了補習，我也正需要去找一個來塡補。」

他站在那裡，兩手揷進牛仔褲背後的口袋。河岸上吹來的秋的微風，使他的深褐色的髮和鬚，在煦陽中曳曳地顫動著。

我曾看過去年二哥從日本帶來的科學記錄片，顯現病原體的胞質小體分裂、傳遞的情形。以電子顯微鏡驚人地放大了的、五色繽紛的微生物的世界，在剪接過的影片中，進行著極端複雜而又快速的變化。和賀大哥補習的兩個多月裡，我的心智的世界也發生了那麼樣快速、複雜的變化。

賀大哥交給我的第一本課本，是黑色封面的《普希金傳》。讀著這個舊俄的天才的詩人；集貴族、無賴、紈袴、天使和反叛者於一身的詩人，恁恣而斗膽地挑激命運中狂亂的歡樂和危噩的詩人的一生，對於在平庸和馴良中長大的我，是不曾有過的震動。接著，我遇見了克魯泡特金，隨著他到過民國前的風雨的東北，隨著他走遍腐敗而頑固的俄國，隨著他遇見直斥虛僞的禮儀，好學深思，稱頌眞誠的人類愛的，被屠格涅夫稱爲「虛無主義」者的俄國青年們；我也看見了整個當時在動盪中的西歐的激動人心的風潮。而當時俄國的一群恥於坐享他人的血汗所積成的財富，紛紛叛離自己富裕、高貴的門第，憑著自己的力量賺取衣食，並且蜂湧地、深深地走進俄國的廣大的農村，力求與農民親密地接觸，忠誠盡心地在知識上、生活上幫助俄國農民的擴及全俄的運動，更使我激動得連連失眠。

「在六十年代，美國也有過類似的運動。」賀大哥用英語說：「那時的美國青年，在一個又一個運動中，對美國的富裕，提出道德方面的質問；對美國國家永不犯錯的神話，提出了無情的批判。」

那時候還在大學讀書的賀大哥，「曾以爲美國的『革命』就在眼前。」

「你簡直就覺得，那美麗的世界已經在望，」他說：「一個新的、美麗的美國啊。」

我從來沒有聽見過普普通通的一個英語單字 beautiful，能裝載、能傳達出那麼叫人心疼的熱情和理想。

「後來呢？」

「後來呢，」賀大哥寂寞地、輕輕地搖著頭，說：「後來，多麼殘酷，那只不過是一場夢，啊，中國人說，說……什麼一夢？」

「噢，『南柯一夢』。」

「啊，南柯一夢。」

賀大哥似乎高興地笑了起來。他說他終於看到，「美麗的美國」、「新的美國」之來，或許是一百年、兩百年甚至更長的時間以後的事。

「一百年、兩百年啊！」

「對的。」賀大哥說。

「啊啊，」我憂愁地、筆直地望著他，說：「那麼，你的一生，如果明知道理想的實現，是十百世以後的事，你從那裡去支取生活的力量啊。」

他的隱藏在棕色的、開著極為分明的雙眼皮中的燈火，悠悠地燃燒起來。不，他說，毋寧是清楚地認識到不能及身而見到那「美麗的世界」，你才能開始把自己看做有史以來人類孜孜矻矻地為著一個更好、更公平、更自由的世界而堅毅不拔地奮鬥著的潮流裡的一滴水珠。看清楚了這一點，你才沒有了個人的寂寞和無能為力的感覺，他用英語說，並且也才得以重新取得生活的、愛的、信賴的力量。

我很坦白地跟賀大哥說，我至極敬愛著他的胸懷。「但是，賀大哥，良善和熱情，怎能改變這麼一個冷漠、凶殘的世界啊！」

「不，讓我們去愛，讓我們去相信，」賀大哥虔敬地說：「愛，無條件地愛人類，無條件地相信人類。」這樣的愛，時常帶來因著我們所愛的對象的不了解，而使施愛的人受到挫折、失望。「但是，這個時候，你最要照顧的是你自己，而不是別人——照顧自己不在你的愛受挫之後，冷淡了愛的能力，」賀大哥說：「讓我們也相信一切、一切的人——雖然這無條件的信賴，往往帶來甚至以生命當代價的危機。但是，讓我們相信。」總有一天，他說，更多、更多的人能夠不圖回報，而從一個人的生命的內層去愛別人、信賴別人。賀大哥說：「那美麗的、新的世界就伸手可及了。」

在我們的「慈惠社」裡，「愛心」幾乎成了一個冗濫的套語。但是，差不多整個暑假，賀大哥使我重新認識了「美麗」、「幸福」和「愛」等並不罕見的辭語，是有著充滿希望，充滿了鼓舞人們的靈魂的新的含意。

4

當我在賀大哥的指導下讀完維多·柏羅的《美國的軍事·產業複合體及其諸問題》的時候，長長的暑假已經過去了三分之二。自小百般溺愛著我的母親，至此已是函電交加，催著我回去過完剩下不過三個禮拜的暑假。

九月初，我懷著等待去不斷更新自己的狂喜，回到臺北，參加註冊。註完冊，我就去找賀大哥，才知道他失去行踪已經多日。

據房東說，約莫十日之前，有一位穿著齊整，戴了一副墨鏡的外國人來找他。在房子裡，他們顯然有些爭執，後來一向安靜和藹的賀大哥，開始高聲地、激越地說著些什麼。然後房門打開了，來客默默地離開。房東說，顯然客人是被趕了出去的。

「什麼事啊?」房東問。

「我不認識他，我不認識他!」

賀大哥神經質地叫著說。他的臉色異樣地蒼白。他的臉，房東說，是那樣的憤怒、那樣的恐懼，也那樣地悲哀。就在那夜，賀大哥留下一屋子零亂，兀自走了。「大使館的人和外事警察至今還在找他哩！」房東說。

日子在焦慮中過去。開學後不久，我突然從復健所的葛修女打來的電話，知道賀大哥病了。

「上主憐憫呀，」葛修女說。

「葛修女，他在那兒呀？」

「大學醫院精神科，」葛修女說：「所裡的修女，現在每天都在爲他向上主祈求。他眞是有一顆基督的……」。

葛修女還沒說完「一顆基督的心」那句話，我就匆促地掛上電話。跳上計程車，在開向大學醫院的車子裡，我只著急地想著精神科和神經科究竟有什麼差別。我有一位中學時代的好同學謝紹美，在大學醫院當護士長。問題是：我已記不清她是在精神科呢或者是在神經科……

當我在精神科找到謝紹美時，我竟然就那樣地抱著她噤著聲音哭了起來。

「啊，那個人，是你的老師啊……」

謝紹美詫異地說。據她說，賀大哥是在三天前經市政府衛生單位當做無依的精神病遊民送到院裡來的。但是由於他是外國人，醫院方面覺得必須和外事警察取得聯繫。「等到一聯繫，才知道他們和大使館方面的人也正在找他。」謝紹美說。在特殊的安排下，他已被送到四樓的特等病房，加上了門禁。

「你單以他的學生的身份，怕是無法進病房的。」她說。

我問起賀大哥的情況。

「我們覺得他有很明顯的分裂性症狀，」她說。

謝紹美說分裂性反應，是人的潛意識中爲了應付某種恐懼和不安而引起的個性的分裂。「已經初步發現他有顯著的記憶障礙和個人身份意識的殘破……」她說。

恐懼和不安！這怎麼可能？對於像賀大哥那樣忠勤地服侍於他的理念，並從那理念中去支取豐沛無比的愛和信的力量的人，竟然有恐懼和不安，這是絕對不可能的事。

「在精神科裡住的，正都是爲各種『不可能』所壓垮的人，」謝紹美說著，拉起我的手，在她的掌中撫摩著。

「小曹，」她筆直地看著我，「是不是有了感情？」

我咬著下唇，苦笑地搖著頭，然而淚水卻一下子就把我低頭看著的自己的鞋尖，漫成一片模糊的黑色。

謝紹美輕輕地把我擁進她的發胖的、幹練的肩，輕輕地拍撫著我的項背。

「不要擔心，」她說：「據說已經通過大使館的安排，正在儘量收集病人在美國時的生活史料。事情很快地就有一個解釋。」

這以後，我差不多天天到大學醫院去，企盼能從謝紹美那兒多得一點有關賀大哥的消息。但是驚動了兩國中、低層外事官員的賀大哥，已成爲只有院長、科主任和少數幾個資深主治大夫才知道病情的事。

「不過，目前科裡的診斷，是精神性健忘症。這一點恐怕是已經確定了的。」謝紹美說。

我從機場坐著計程車抵達大學醫院的時候，已經是五點五十分了。爲了不願意爬上醫院正門的長而且古老得令人有一種破敗之感的梯階，我從地下室的急診處走了進去，然後乘電梯到一樓，再走那條瘦瘦的、木造的長廊到精神科去。飛機該是在航向日本的途中罷，我一路想著，也突然記起《時代周刊》上常登出來的馬航的廣告上說：「我們今天晚上請吃飯」。廣告上有兩對男女正在飛機上「愉快」地吃著飯。那四個人看起來要有多驢就有多驢。

（啊，賀大哥，你該不會也跟那些人吃飯罷……）

謝紹美一眼就看見我。她一邊打電話，一邊老遠就用職業性的敏銳，精細地打量著我。我走到她傍邊，等她掛電話。

「等一下周大夫查房回來，告訴他到主任辦公室去一趟。」謝紹美對另一個瘦高的護士說著，站了起來，兩隻手插在雪白的長褲上的口袋裡，用她的肩膀輕輕地推著我走出值勤室。

我們默默地走了一會，她說：

「去了機場了？」

我點點頭。她輕聲地喟歎起來。我們走進她的小小的護理長辦公室。她從冰著一些需要冷藏的藥物的冰箱裡，取出一瓶汽水，爲我斟了一杯，剩下的小半瓶，便對著嘴自己喝了幾口。

「精神性的遺忘症，沒有錯，」她說：「美國方面寄來了一些資料。」

「哦。」

她從抽屜裡拿出一個厚厚的牛皮紙袋，擺在我的面前。

「我偷偷地影印了一份給你，」她說：「你英文好，看完了一定要還我。病人的資料，在我們的職業道德上，是不許隨意示人的秘密……」

謝紹美談起她護理過的一個遺忘症病人。這個病人的眞實的過去，有一個失敗的婚姻，一些使他覺得老是在人前抬不起頭的挫折和羞恥的經驗，和一筆不小的債務。他的人格開始分裂，終於離家出走，到一個陌生的地方，改名換姓，從意識中遺忘了他的過去的一切挫折，以另一個幻想和補償的人格，重建另一個家庭，正直、謹愼、努力地過一個體面的人的生活。

「治得好嗎？」我憂愁地說。

「喝水吧。」

她把倒滿汽水的杯子向我挪了一下。我舉杯而飲的時候，看見她沉默地望著窗外的開得庸庸碌碌的杜鵑花。

「治療的方法，是有幾種的，」她終於說：「我們比較常用的方法是，叫做 desensitization 的方法。」

「de…？」

她隨著在白紙上寫下了那個字。我知道主字的本身和字首、字尾的意義，但是醫學上的意思，我自然不懂得。

「簡單地，就這麼說罷：這個方法，是使一個人一再地面對那些他所全心全意要迴避的事物……，或者環境，」她說：「開始的時候，只叫他面對比較輕微的事物，然後逐漸增加強度——你知道我的意思罷。」

「一直到病人能泰然地面對他所要逃避的事物。」我說。

「對了。」謝紹美說：「可是，你這位老師，情況有些不同……」

她說著，把瓶裡的汽水喝光。

「他家很有錢——據說——他失踪的這幾年，」她望著我安靜地等待回答的樣子，絮絮地說著：「家裡花了一大筆錢請私家偵探到處找他，終於讓他們在臺灣找到了他。可是，他沒有用 desensitize 的方法，劈頭就以病人所無法面對的事實逼問他，使病人一下子錯亂了。」

「哦哦。」我歎息著說。

我約略又枯坐了幾分鐘，就帶著那一包賀大哥的資料回到我賃居的公寓，一頁一頁地讀了下去……

5

親愛的Song（宋？）博士：

茲同封寄上Mike H. Chalk先生在一九六九年六月十四日至八月五日間斷續來本醫院接受治療時之資料的重要部分，以供參考，敬希查照。

吾人深盼這些談話資料，能對你們的工作有所助益。

如果需要別的材料，或者有任何相關的問題，務請見告，吾人極樂意提供一切必要的協助。

謹致敬意

忠誠的

安諾德・M・豪塞（簽名）

醫學博士

大衛・賀洛維茲紀念精神病醫院院長

資料編號：CID-0221

姓名：麥克・H・邱克。

性別：男。
年齡：二十八歲。
婚姻：已婚。
教育：緬因州（私立）肯尼斯商學院就讀二年後離校。
宗教：天主教。
住址：……
個人簡史：

病人之父史都華・邱克於病人十八歲時猝死。遺孀邱克夫人頗為幹練，繼續投資吉柏特兄弟證券公司，家境富裕。

一九六五年結婚，妻莎莉・B・邱克原為邱克夫人之私人秘書，高中畢業。婚姻生活不美滿。病人抱怨其妻在性生活方面過於冷淡。

病人曾努力學習商業，一九六六年中期，病人一度熱心學生政治性活動，因「志趣不合」而退學，準備做汽車買賣生意。

一九六七年十月入伍，赴越南編入查理兵團，任通信士官。一九六九年元月退伍返鄉。

主訴：

據病人之母親指出，麥克自越戰解甲歸來後，一切都很正常，「很少，很少談到越戰，不像一些其他從越南戰場上回來的年輕人那樣瞎吹牛。」他曾試圖準備入緬因州州立大學讀書，但時常抱怨精神不能集中而不果。

一九六九年三月，自入肯尼斯商學院之時已宣稱放棄宗教信仰之麥克，突於某禮拜日邱克夫人準備上教堂時謂：「請爲我在戰爭中奉命而爲之事，祈求天主之原諒。」其母問其原由，不答。

四月，梅萊村虐殺事件開始在美國若干媒體上陸續揭露。病人亦於此時主訴失眠、焦慮、易怒。來本院求治前，據其母指稱，病人時時終夜哭泣囈語。……

傑美・費雪 M・D

（簽名）

× × ×

資料編號：CID-0228

治療談話錄音記錄

錄音：蘭蒂・J・柯亨小姐

醫：「今天你看起來氣色很不錯。」

病：「謝謝你。」（笑聲。）

醫：「看看今天我能幫你什麼忙。」

（沉默。）

病：「你幫不了我的忙，我猜。」

醫：「不一定，哈，爲什麼不說說看？」

（病人說了一點什麼，語詞不清）

醫：「你願意再說一遍嗎，我沒聽清楚。」

病：「上一次我沒說對，呃，事實上，我曾經跟我母親談過。」

醫：「談些什麼？」

病：（大聲，忿怒。）「談越南的事，殺人的事，他媽的！」

醫：「哦。」

病：「我母親說，兒子，寶貝，那是戰爭，你知道，她說，忘掉它。如果你說出來，對你自己，對國家都不好，她說。可是報紙上已經開始在說了，我說。不，她說，那是愚蠢的，別那麼做，寶貝，她說。」

醫：「噢……來，爲什麼不抽根菸？」

病：「她說那是反戰份子的陰謀。歷史上的戰爭都在殺人，爲什麼美國做的就特別可怕？她說，那是共產黨的謠言。」

醫：「你認爲你母親說得對，所以始終沒說出來？」

病：「不！……可是我反對共產黨……我是個……我是個無政府主義者。」

醫：「哦……那眞好。」

病：「我怕我在肯尼斯學院時代一起搞過無政府主義的同伴說我虐殺平民……你知道，老人、婦女、小孩……」

（病人的哭聲。）

病：「街上的每一個人都在指著你說，喏，瞧那個謀殺犯……你想想，多可怕。」

醫：「我了解。」

病：「不，你不了解，他媽的。」

（沉默。）

醫：「揷句話，你有沒有按時吃拿回去的藥片？」

病：「他們把十幾個老太婆、老頭子和小孩子趕到一間小寺廟的廣場上。起初他們都很順從，看起來也很自在。等到他們看見我們在弄 M16 自動步槍，他們才開始哭、哀求、祈禱……」

病：「……」

病：「有一個老頭說，不是越共！不是越共！No Vietcong, No Vietcong，他媽的，像唱歌似地一遍又一遍地叫。幾挺 M16 猛烈地瞄準他們的頭上開……」

談話至此無法繼續而停止。

……

傑米・費雪 M・D

（簽名）

治療錄音記錄

記錄：裘蒂・哈里遜小姐

資料編號：CID-0234

醫：「你覺得藥片對你有沒有幫助？」

病：「是的，它們很不錯。現在我能睡得多一點了。」

醫：「好極了。吃的呢？」

病：「吃的？不好。我常常會覺得反胃……」

醫：「服藥總免不了有些副作用。可是，不要擔心，老兄，怕反胃，停一會兒藥就行了。」

病：「不，沒有東西可以治得了反胃。」

醫：「停藥後，反胃的情況就自然緩和了。」

病：「那時，我們巡過一條塹壕，裡面橫七豎八的全是屍體。全是老少婦女和小孩子。記得那時候，大夥兒正想著喝酒。有一個德州來的胖子，叫甜心餅的，正在起勁地講耶穌有一回把水變成美酒的故事。整個塹壕裡的血，奇怪罷，把原本褐色的泥土，浸染成一種近乎青色的灰濛濛的顏色……」

醫：「啊啊……」

病：「甜心餅說，哈，卡萊中尉那個排已經來過了呀。叫人反胃啊，那個塹壕。梅萊第四號地區到處都是這種越共掘的戰壕……有一次……算了，我不想說。」

醫：「不想說，就不要說好了。聊些別的罷。最近R・萊丁豪常上報，你覺得怎樣？」

病：「萊丁豪？」

醫：「就是那個第一個寫信揭發梅萊事件的。」

病：（沉思）「有時候我想殺掉他呢（微弱的、自嘲的笑聲）。不過我羨慕他，不是因爲他揭發了這件事，而是，你知道，他根本不在查理兵團，多麼幸運！他揭發的事，全是軍中的時候聽來的。」

醫：「那個卡德呢？」

病：「你是說那個黑人下士赫伯特・卡德啊？」

醫：「是的。」

病：「我絕對不是一個種族主義者，你曉得，可是赫伯特・卡德是個大嘴婆，我告訴你。他純粹想出風頭。我想他可能也是在藉此報復白種人的優越感……」

醫：「你覺得，越南的戰爭傷害了白種人嗎？我的意思是……」

病：「白種人有毛病（sick），美國也有毛病，你知道；越戰，特別是，令我厭惡（sick），反胃。」

醫：「反胃？」

病：「我還是說了罷，O・K。有一回，我們在一個山腳下找到十來個躲藏著的平民，全是婦人和小孩。有人挑出一個十六歲上下的女孩，拉下她的裙子，有人要摸她的奶子。突然有一個老太婆凶狠地撲過來，女人和孩子們開始哭叫，哭叫……」

（錄音機中靜默了一會。）

病：「一陣M16，把她們打得全身像蜂窩似的，然後把那女孩拉開，他們輪著對她『做』那事兒。後來，女孩開始跑，有人從後面用M16打開她的腦袋……她再跑了兩、三步，就仆倒了。」

醫：「你也『做』了嗎？」

病：（驚惶）「不！我沒有做。」

醫：「可是什麼使你反胃，如果……」

病：「我開了槍。有人開槍，每個人都開槍，像一種連鎖反應。可是我沒有『做』，眞的。」

醫：「O・K，你沒有『做』，O・K。」

病：「可是赫伯特・卡德說，強姦是司空見慣的事。」

醫：「你是說他在說謊嗎？」

病：（躊躇）「我不知道。可是，至少，我看見的不多。」

醫：「如果你不介意，能不能告訴我，爲什麼你沒同他們一起『做』？」

病：「可是卡德有種，你知道嗎？他說了。是的，他站出來，說了，他媽的。我早就應該站出來向全世界說，大聲說……」（激動。哭聲。）「他說，不錯，我們對她『做』了那事兒——差不多每一個人都幹了……」

……

傑美・費雪M・D（簽名）

約翰・薛蒲雷M・D（簽名）

×　×　×

資料編號：CID-0312

治療談話錄音記錄

記錄：薏芃・薩爾敦小姐

病：「我看起來很糟嗎？」

醫：「一點兒也不，眞的，相信我。你知道嗎？」

病：「嗯？」

醫：「我們正在想，從上個星期四那一次談話以來，我們正在想，你的進步很快。恭喜你。你不相信嗎？」

病：「我說不上來。」

醫：「從一九六九年開始，已經有幾個越南回來的孩子來過我們這兒。他們就把心中的那塊黑色的大石頭留在我們這兒，輕鬆地回去了。你相信吧？」

病：「哦，我相信。不過，你說『黑色的大石頭』嗎？」

醫：（笑。）「那只是個比喻。有一個像你這樣的孩子說的。」

病：「不。黑色是無政府主義的顏色。你不能把越南的事用黑色來說它。」

醫：「哦。」

病：「黑色代表從來沒有過的人類的愛——你明白我說的嗎？」

醫：「我猜是的……你手上的那個是什麼？」

病：「只是一塊剪報。報紙上把一個叫做葛萊克的寫給他老爸的信發表出來了。」

醫：「你不介意把它讀出來嗎？」

病：「現在？」

醫：「哦，如果你願意——我是說。」

病：「O．K，我來讀。」

親愛的爸：

一切都好罷？我們還在守著那座橋。我們要在星期六離開這邊——因為我們在梅萊村有任務。

我們這一班有一個常常出去巡邏的，被一五五厘米的砲撂掉了。另外還有一個戰死，兩個人的腿沒了，另外再兩個掛了彩。

「禍事相因而來」，這句話我算是懂得了。在我們到「垛地」的途中，他們看到有個女的在田裡做活兒。他們開槍打她，她受傷仆倒了，他們過去踢她，用槍瞄準她的頭殼，把槍膛裡的子彈全部打光。一路上，連遇見不懂事的小孩子，也一個不剩地撂倒在地上。

啊啊，爲什麼一定要發生這樣的事啊。他們全是好端端的人，就像三明治在美國那麼樣平常的人，而且其中有幾個還是我的朋友。可就在那一會兒，他們全變成了禽獸，爸。

那是明目昭彰的殺人啊，爸。我對於當時對之無作爲的自己，深深地感到羞恥。

爸，這可絕對不是頭一遭的事。這以前，我看了很多。我眞不知道爲什麼要在這時才告訴您這些。也許我眞想把這些事從胸口裡吐掉，吐得乾乾淨淨地。

我對於同伴的信賴心，已經完全崩潰了。現在，我只在這兒挨時間，等著時間過去，回到家裡。

爸，正如你所相信的，我也眞正地相信：在這一切事的背後，有一個原因。並且，如果我這樣面向試煉前行，是上帝的旨意，那麼，這旨意行於那高速公路邊的我家，就不如行於這裡的這塊土地上。

這個禮拜六，我們將乘坐直昇機，深入北越的要塞梅萊村。我祈求能在這幾天參加禱告聚會。

請暫時不要等待我去信，可是請繼續寫信來。

我深深地愛著您和媽媽。

兒子　葛萊克

醫：「告訴我，麥克，爲什麼剪下這封信？」

病：「我也幹了『明目昭彰的殺人』，在那個鬼一般炎熱、炎熱的越南。可是當我讀這封信，我覺得它就像是我寫的。寫得好。你說呢？」

醫：「啊，麥克，你知道嗎？我們醫生，只做分析，不做判斷。」

病：「這些天，彷彿每個人都出來說話。R・L・希巴爾……」

醫：「對。還有P・米德羅。」

病：「你知道得很清楚啊。」

醫：「哦，麥克，我們在讀全美國關於此事的報導。這在我們的治療上，極有幫助。」

病：「他們都在說話。好事情。醫生。你知道卡德，他說了一籮筐。你知道他殺了很多，就如他自己說的。關於那個把老人打死在井裡的事，他說得不清楚。因爲從頭到尾我都在，現在我一閉起眼睛就看得到。」

醫：「O・K。」

病：「那天晚上，我們排在責任區內開始偵察巡邏。出發了幾個小時後，隊上有兩個人朝著林中疾走的人影開火。在屍體上，我們找到一份土地證。我聽見卡萊中尉用無線電向梅地拿上尉大聲報告，說是幹倒了一名越共。

幾分鐘後，有幾個弟兄捕獲了一名越共嫌疑。卡萊叫葛魯齊翻譯。葛魯齊駐在夏威夷的時候，曾在一個訓練營學過越南話。葛問了不久，老人立刻拿出身分證。我想他不會是越共，葛魯齊說。卡萊排長不理他。那天我們都沒有和敵人遭遇過。何必殺掉他？我小聲地對葛魯齊說。你們走開，卡萊排長用手上的M16對我們揮動著說。

這時候，卡德，那個很愛說話的黑人，把老人押到井邊，他想把他打下井。老人死命地用手扳住井口。卡德用M16的槍托打老人的手。卡萊中尉走過去，瞪著離開井口約莫十英尺的我。我自然地走到井口，我們兩挺M16向井裡開火……」

醫：「麥克，你變得硬多了。你瞧，你能面對許多事了。」

病：「不，醫生。我只是想明白罷了。你爲什麼那麼做？每個人爲什麼那麼做？在越南，爲什麼？卡萊中尉，爲什麼？諢名兒『瘋狗』的梅地拿上尉，爲什麼？」

醫：「爲什麼？」

病：「因爲他們的後面站立著一個巨人——國家。在越南的孩子們，都是國家的受害人。你以爲這是無政府主義的胡說嗎？」

醫：「不全是，我想。」

病：「我是想明白了的。不一定跟什麼無政府主義有什麼關係。可是，你瞧，正由於是被害者，終於成爲加害者——你懂我的意思嗎？然後加害者又成了加害於人這個事實的被害者。醫生，你懂我的意思嗎？好像我，醫生，整個的我自己已被撕成一片一片，好像，好像他們用整膛的子彈把一個越南女人打成稀泥的那個樣。你懂我的意思嗎？」

（啜泣聲。）

醫：「麥克，好弟兄，不要擔心，我們就是要把撕成一片片的你再粘回整個的你……」

病：「不！醫生，我猜我已恨透了我自己。我在想：如果能像脫衣服一樣，脫掉骯髒的衣服一樣，把不堪的我脫掉，然後，像換一件又乾淨、又新的衣服一樣，換一個我……」

醫：「再說一遍，麥克……」

病：「被害者變成加害者，然後又變成被害者……」

醫：「你不介意再說一遍嗎？──脫衣服和換衣服的事，你知道。」

病：「那不重要。那對你那麼重要嗎，醫生？」

醫：「我猜是的，非常重要的，麥克。」

病：「算了，我只是厭憎透了我自己。就是這麼回事。」

（病人情緒惡化，談話中止。）

約翰・薛蒲雷M・D

（簽名）

6

我一張一張地讀著這些文件，一直到晨光穿過窗簾的薄紗，逐漸地照亮了我的房間。昨夜，爲了我還在作著夢幻的高中時代發生於這個人所居住的世界上的辛酸的慘劇，曾數度經歷了心靈最深的顫動，曾數度流下從未曾流過的那種眼淚。但是此刻，我的心卻出乎意想的平靜，就像那從薄紗穿透過來的，有著億萬年的歷史的晨曦一樣的平靜。我忽然想起小時候，曾在一張斑斕的紙板上，精細地畫了一個高瘦、大眼、俊美的童話中的王子。後來，爲了紙板另有用途，我把紙板上的畫用橡皮擦去了。這以後，紙板上雖沒有了俊美的武士，而那斑斕卻異樣地比先前顯得尤其的奪目，而同時在那奪目得很的斑斕中，不時在我的凝視裡隱約地出現那俊美的、高挺的王子武士。

賀大哥，在讀完這些文件，便像那武士一樣地消失了。然則卻使我向著一片絢燦無比的斑斕開了眼；而那絢燦的斑斕之中，也或者將永遠在我的凝思之中，隱約著賀大哥——或者那叫人心疼的麥克・H・邱克吧。

一夜未睡，我如常地到校上課。下了第一堂課，我到訓導處去請假。我需要好好地休息一下了。

一到訓導處，訓導長就叫住我。我走進訓導長辦公室。

「有一位先生要見你，正好你也來了。」

訓導長笑咪咪地說。

辦公室有一扇門通向一間不大的會客室。

「你們談，我還有事。」

訓導長把我帶進會客室，介紹給來客後說著，就退了出去，輕輕地掩上門。

「我姓劉，」他站起身來說：「不打攪你上課罷？」

我一眼就認出他是在機場上送走賀大哥的人群中那唯一的中國人。他看來堅定、幹練、和藹可親。

「其實並沒有什麼事的。我和鄒訓導長是長年的朋友，工作上也時常聯繫。」他說。他的皮膚黝黑，他的牙齒結實而潔白。「讓我們坐下來談，好嗎？」他說。

他的金邊眼鏡後面的眼睛，固執地、坦率地看著我；而我也安靜地回望著他。他依舊在整齊的，修剪得很短的頭髮上，抹著一層稀薄的髮蠟，在會客室的日光燈中淡淡地亮著。我忽然想起那天早上，在機場送行的看台上，當我返身離去的時候，正是這位劉先生站在離我不遠的地方，沉靜地瞭望著機場上升火待發的馬航班機。

「在我們不知道你的那個外國老師是個精神病人以前，我們還很傷過腦筋。現在，他變成那個樣子，倒是反而很同情他。」他說：「在美國，自由過頭了，再加上美國的歷史短，美國人又天眞，說得不好，有些幼稚，沒有個中心思想。」

我專注地、平和地聽著。

「因此，正論不作，是邪說代興啊。美國青年，就徬徨在各種不成熟，也可以說是不正當的思想中，使美國的國家社會、家庭、學校……都產生許多問題。我們呢，是一個開放的社會。近年來有許多仰慕中華文化的外國人來臺灣研究、讀書，這當然是很好。可是難免有極少數幾個人帶來不正當、不合我國國情的各種邪論來污染我們的青年。我們注意到你這一位老師，便是這個緣故。」

「是的。」我說。

「現在，我們終於舒了一口氣，他原來是一個有病的人。」他說：「有病的人，值得我們同情。我們講的就是仁愛。講了幾千年囉！」

「是的。」我說。

「你的情況，我們也很了解。府上不論就家庭的經濟、家庭的教育來說，都很好。很好，我們了解。府上在地方上，眞可以說是名望之家。」

「好說，劉先生您太客氣了。」

「你們鄒訓導長也很誇獎你。很好。希望你以後專心學業，心不旁騖，那麼你眞是前途似錦的。」

「謝謝您。」

他從頭到尾，都十分專注地看著我。末了，他高興地說：

「你的相貌很好。秀於外而慧於中，實在的。」

「謝謝劉先生。」

我辭了劉先生，請准了假，走出辦公大樓。校園裡遍地煦和的陽光。同學們在操場上，在林蔭的走道上，幸福、快樂地來往著，只是我忽然覺得他們和我已不是同一代的人了。

──明天去登個報，找個英文家教，試試過自食其力的生活。

我想著，輕捷地走向通往校門的大路。

──多麼煦和的陽光啊……

我無語地說。

──一九七八年三月《雄獅美術》八十五期

夜行貨車

——華盛頓大樓之一

1 長尾雉的標本

摩根索先生跨著大步走過林榮平的辦公室。

「See you, J. P.。」

「See you,」林榮平說。

他看見摩根索先生高大的身影，走出空曠的大辦公室；走向傍晚的停車亭。黯紅色的林肯車緩緩地倒了出來，然後優雅有致地繞過花圃和旗台。守衛早已打開了大門。車子在窗外無聲地駛出臺灣馬拉穆電子公司。年輕的守衛無聲地鞠躬，無聲地關上大門。

林榮平重新點燃了菸斗。「See you, J. P.」摩根索低沉而滿有活力的聲音，彷彿還在空無一人的大辦公室中迴盪著。早已過了下班的時間了。臨下班的時候，摩根索先生請他到自己的辦公室討論一些財務上的事。就在下個禮拜，馬拉穆國際公司太平洋區的財務總裁要來。平時瀟瀟洒洒的摩根索先生，近幾天來，卻是從早忙到晚，準備著好幾件報告。負責財務部的林榮平也跟著天天加班。然而，摩根索先生在緊張中仍不失他那代表動物一般的精力的惡戲：和女職員作即興式的調笑；說骯髒的笑話；破口開罵，然後用他的大手拍拍挨罵的中國經理的肩膀：「OK, Frank，不要讓我們的討論影響了你中午的食慾。」然後嘩嘩大笑。

公司下班的時候，他們正憂煩地談著一筆爲數不小的「交際費」怎樣轉帳。

「東京的辦公室，J. P.，永遠不了解交際費在中國是一項合理的開支，」摩根索先生一邊搖頭，一邊呼出長長的、青色的煙，「任何帶來效率、帶來利潤的開支，在經營上就是合理的……」

林榮平無奈地微笑著。他是一個結實的，南臺灣鄉下農家的孩子。然而，在他稀疏的眉宇之間，常常滲透著某種輕輕的憂悒。

「讓我們和東京玩政治。你瞧，今年三季的成績都好。夠他們開心了，」林榮平用流暢的英語說：「他們一開心，帳面上就好對付。」

「你說對了，J. P.，」摩根索先生說，聲音出奇低緩。

林榮平從文件上抬起頭，看見摩根索先生愉快地望著窗外。他的淺藍色的、美麗的眼睛，泰然地發散著一種光采。

「你說對了，J. P.。」摩根索先生溫柔地說：「Let's play Tokyo politics...可是你看她，J. P.，這小母馬兒。」

林榮平移目窗外。他看見下了班的劉小玲和幾個公司的女孩走在花圃的旁邊。一頭濃而且潤的長長的髮，使她裸露的雙臂顯得格外的蠱惑。她的身段豐美，但是如果沒有那一雙修長而矯健的腿，面貌怎也說不上姣好的她，就不會有那一股異樣的嫵媚。摩根索先生就爲了那一雙腿，稱她爲「小母馬兒」。

林榮平無表情地看著劉小玲和別的職工們登上交通車。摩根索先生打開一包新的Winston，林榮平裝上一袋菸，兩人於是沉默地點著各自的菸。交通車終於走了。整個大辦公室頓時顯得空曠、沉寂起來。「J. P.，歐文銀行的那一筆借款……」摩根索先生說。他們又回到公事上。然而分明是從這個時候開始，林榮平忽然感到不由自主的嗒然。討論結束的時候，摩根索先生用他那淺棕色的大眼睛體貼地望著他。「你好像累了，J. P.，」他說：「明天我要到我們的 Washington D. C. 開會，你可以晚點來。好好休息，J. P.。」這才使林榮平對於自己的莫名的嗒然，有些羞恥起來。他笑笑，收拾半桌子的文件，起身離開。

「Take a good rest, J. P., old boy ...」摩根索先生愉快地在他的背後說。

他走進自己的辦公室，把文件一件件歸檔。矮櫃上擺著他的全家照。他站在背後，妻子和兩個女兒都張著嘴笑。由於業務擴充了，公司在臺北市東區一條最漂亮的辦公大樓區裡的華盛頓大樓，租下三樓，做爲臺北營業處。摩根索先生很喜歡，不知什麼時候開始戲稱之爲「華盛頓特區」。三天兩頭往臺北跑。林榮平於是蕪蔓地想起那座矗立在臺北首善之區的巍然的大樓了……

窗外逐漸黯了下來。他把板菸在菸灰缸敲乾淨，卻不料板菸和大理石的菸灰缸會撞擊出那麼沉悶而棘心的聲音。他站了起來。那嗒然之感，竟逐漸轉變爲一種沉滯的憂悒。他關了燈，帶上門，匆匆地走出辦公室。

他開著公司剛剛替他換下的福特「跑天下」，駛進漸濃的暮色。他沉靜地注視著前面的路，感到某一種悲戚在安靜地、頑固地從他的心中向四肢浸透著。他漫然地想：「同樣是新車子，福特開起來就是跟裕隆不一樣——」他試著找個話題和自己聊聊天；他試著回想他初初駕駛裕隆的經驗；試著爲一個預定好的青商會的午餐會找一個合適的講演題目；試著在兩個別人介紹的音樂系女生中，爲大女兒挑一個鋼琴老師……但不論怎樣規避著，摩根索先生那放膽的、惡作劇的笑臉，總是不放過任何一個思緒的空間，在他的視野的上端浮現。

「Linda眞的沒跟你說什麼嗎？」摩根索先生說，淺藍色的、鑲著金黃色的睫毛的眼睛，筆直地望著他。他忽然想起電視上灰色得很無氣味的美洲豹的眼睛來。

「告訴我什麼？」他說。

他彷彿可以看見自己平靜得了無破綻的表情。摩根索先生狡黠地、好奇地望著他。「Linda什麼都沒有說，J. P.?眞的嗎?眞有趣，J. P.，」摩根索先生放膽地、惡作劇地笑著說。

「告訴我什麼?」他說。儘管連自己也詫異著，但他很清楚自己一臉毫不知情的樣子，是那麼樣地無懈可擊。「她告訴我什麼?告訴我你要升我的薪水啊?」

他說。他們大聲地、美國式地笑了起來。

「你應該升的，J.P.，相信我，」摩根索先生說：「你有一個電腦般的腦袋，J.P.……」

現在，天色已經整個兒黑下來了。他開始把車子轉向一條通往溫泉區的路上。一條以林蔭出了名的山路。車子在斜度不大的路上轉了兩次彎，一輪不很圓滿的月亮出乎意外地掛在靠近市區那邊的天空，發著文弱的、白皙的光芒。「她要告訴我什麼……」他想著自己那一付毫不知情的樣子。他開始感到羞恥。

早上快十一點的時分，林榮平的秘書劉小玲走進他的辦公室。這個一向做起事來安靜、迅速的他的女秘書，卻把公事鐵櫃弄得砰砰地響。他抬起頭來，看著她以異乎尋常的急躁，把一大堆公事入檔。

「Linda，」他說。

她彷彿喫了一驚，安靜地低下頭。她咬著輕輕地抹著唇膏的、質厚的嘴唇，把目光從手上的公事迅速地移向牆壁。他忽而看見積蓄在她的眼眶中的淚光。他拿下板菸斗，用英文說：

「什麼事不對，琳達？」

劉小玲的嘴唇微微地顫動起來。她迅速地低下頭，一串眼淚就掉到她交握於小腹前的雙手上。

「坐下來，」他說：「什麼事，慢慢說。」

她終於坐在他的面前。她無語地接過他的手絹，仔細地擦去眼淚和鼻端的潮溼。她的眼睛，尤其在她稍嫌寬了一點的臉龐上，應該算是小的吧。她的鼻子長而且瘦實。然而她的質厚而柔輭的嘴唇，使她的面貌有一種無需爭辯的成熟的風情。

現在她望著他身後牆上掛著的一塊菲律賓黑木彫刻。低矮的草房前有一個農夫拉著一條水牛，彷彿正要上工去；他常對她說，除了農夫沒戴著斗笠，這簡直是臺灣農村的風光。

「剛才我把你要寄到東京轉紐約的信打好，送副本去給老板，」她平靜地說：「他說：琳達，你是個漂亮女孩。」她停了一下，又說：「他對誰不這麼說？我說，謝謝。他說，琳達，聽說你很喜歡我留鬍子的樣子，」她不屑地看林榮平，「一定是你告訴他的。公司裡的男人，沒有一個不是奴才胚子。」

今年夏天，摩根索先生離開臺灣，度一個月的年假。從香港、新加坡、伊朗、西德、丹麥，摩根索先生各寄給他一張明信片。公司裡五個經理，只有他接到這些風景明信片。然後在美國馬利蘭州的老家，摩根索先生給他寫信，說他已經蓄了一道八字鬍，要他保守秘密，等回臺灣時給公司的人「一個性感的驚喜」，等到摩根索先生回來了，公司的女孩子沒有一個對老板的鬍子感到興趣。有一回，在那溫泉區的日本式的小旅社，他和劉小玲談起老板的鬍子。他議論說：「我們中國的女孩子，對男人的鬍子，只覺得衰老、邋遢……」

「我想不是。我們公司的小姐都還小，」她專心致意地對鏡梳粧，一面說：「其實，我倒挺喜歡他的鬍子。長得那麼密啊，貼在他年輕的、調皮的嘴唇上……」

她於是兀自對著旅社的鏡子笑了起來。嫣然中有一種放肆。那時候，他裸著躺在床上翻《時代周刊》。他無言地笑著，感到某種可以接受的妒忌。

「怪不得他老沖著我笑得那麼邪道兒，」她惱然地說。他默默地抽著板菸。「我要走了嘛，琳達。他說，若無其事地站起來，然後他忽然抱住我……」她筆直地望著他，在一刹那間，眼眶就紅了起來。「他×的……豬！」她漲紅了臉，悲忿地說：「讓我走，否則我就叫，我說。他忽然放開我，說，琳達，別讓我嚇著你了。我沒有惡意，琳達……」她的語聲逐漸平靜。「他×的，」她悲哀地說，「豬……」

他面露怒容。他感到一股曖昧得很的怒氣，使他的握著菸斗的手，輕輕地顫動起來。然而，那畢竟不是居家的時候，對妻兒的那種恣縱的、無忌憚的、有威權的怒氣。一個引他爲心腹知己的，暱稱他 old boy 的美國老板；自己「青雲直上」的際遇；幾百萬美元在他的手上流轉；自己所設計的，被太平洋總部特別表揚而在整個亞太地區的馬拉穆分公司中廣爲推行的兩種財務報表格式；在花園高級社區新置的六十四坪洋房……在這一切玫瑰色的天地中，劉小玲，他的兩年來秘密的情婦，受人調戲，坐在他的面前。他的怒氣，於是竟不顧著他的受到羞辱和威脅的雄性的自尊心，逕自迅速地柔軟下來，彷彿流在沙漠上的水流，無可如何地、無助地消失在傲慢的沙地中。這才眞正地使他對自己感到因羞恥而來的忿懣。

「知道了，」他蹙著淡薄的眉說。

她看見他因著惱怒、懦弱和強自倨慢的情緒而扭曲著的臉。「沒見過生氣起來就這麼難看的男人的臉，」她想著，心疼起來。然而她依舊說：

「知道什麼？你去找他理論？女人就這麼好欺負。」

「小劉。」他說。

她注視著他。他一臉的歉疚。三十八歲的他的臉，逐漸地浮起苦疼的溫柔。她忽然雖並不是悲傷，卻想落淚。

「小劉，下班以後，到小熱海等我，好嗎？」

她猛地搖搖頭，眼淚溫熱地流下她的面頰。

「有話跟你說。」他溫和地說。

她沉默著。

「其實我知道，這一個月來，你有心事，」他說：「詹奕宏的事嗎？」

她詫異地望著他。他畢竟知道了嗎？她想。但是從來沒想到他的反應會是這樣的安靜，不是沒有憂悒的安靜。方才從摩根索羞辱的辦公室出來，她便一直走到詹奕宏的辦公間。然而詹奕宏去了稅捐處，尚未回來。面對著這個暗地裡親炙了近兩年的男人，她知道一個故事已近尾聲。他寂寞地笑著。

「應該談談的，」她太息地想著，把用過的手絹整齊地疊成方塊，擺在他的桌子上。「儘早來。」她說著，佻達地走出他的辦公室。他開始給家裡撥電話：「臨時要陪老板趕到南部去一趟。」妻子沒有抱怨。他掛了電話。

他有些冒汗。溫泉山區的路，又曲折、又窄小。他想起每次他載她到小熱海，就在這一截迂迴的山路上，她總誇他開車的技術好。她在車中左晃；右晃，格格地笑。他則不苟言笑地咬著菸斗，專心開車。這夜的溫泉山區，華燈在松影間搖曳。偶然間，有歡娛日本觀光客的、不很道地的日本歌，流進他的車子。

劉小玲在小熱海的陽台上，看見他的車子開進停車場。小熱海的狗，汪汪地，其實並無惡意地吠著。一個中年的奧巴桑叫住了狗。「多西，哼，多西，」奧巴桑日本風地斥責著她的愛犬，然後用日語說歡迎。「好久沒有光臨了。」奧巴桑說。劉小玲聽見林榮平要了一間房間，看見他走向陽台的台階。她回過頭，爲自己的杯子添了一點啤酒。然後她抬起頭，默默地瞭望著臺北的燈火。

他在她的身旁坐下。她把啤酒杯推給他。他握住杯子，靜靜地看著逐漸崩塌著的泡沫。月亮升得很高。她把放在皮包約莫三天的Dunhill啣在她的嘴上。他爲她點火。瓦斯打火機的火焰照著她那多肉的、柔嫩的唇。他開始慢慢地喝著啤酒。

「也許我另外給你找事，」他終於說：「下禮拜我到青商會去，問問有沒有合適的工作。」

這時奧巴桑端來一盤炸花生、一瓶冰啤酒和一隻新杯子。劉小玲和善地和奧巴桑打招呼。她忽然說：

「對了，奧巴桑，我們今晚不要房間了，」她狀似愉悅地笑著，對林榮平說：

「我們還有別的事，對嗎，J. P.？」

他遲疑一下，說：

「請為我們準備晚飯，清淡些的，」他疲倦地笑了起來：「吃了飯，我們就走。」

一輛計程車從小熱海的邊門刺了進來，在陽台的正前方戛然停車。兩個顯然已經喝醉了的日本人，被兩個妓女半擁半攙著下了車。奧巴桑笑咪咪地快步走下陽台。狗在汪汪地叫。「多西，嘿！多西，」奧巴桑說。

兩人靜靜地看著陽台下的日本人。

「男人一出了家鄉，便像是個了無羈絆的人，」他說。升財務經理那年，他到東京的馬拉穆太平洋區部受訓，刻意地荒唐過。

「其實，你也不必費心去替我找事。」她說。

「什麼？」

「其實，你也不用為我找事。」她說，為自己和林榮平斟啤酒。她緩緩地倒酒，不讓泡沫溢出杯子外面來。「過一陣子，我想出國。」她說。

他知道她有一個姨媽在美國。她常說：「這世界上只有她一個人眞心疼我。」他升上財務經理前的去年冬天，他告訴她說他不能離婚。她天天哭鬧。後來，她終於放棄了掙扎。就是那個時候，她說要出去投靠姨媽。

他無言了。

她眺望著臺北市區的燈火，於漸濃的夜裡，在遠處益發地輝煌起來。連接市區的那一道橋，現在只成了一條由等距的燈火所連結的直線。

他的心緒起伏。他從西裝口袋取出菸斗，細心地裝上一袋菸草。樓下傳來日本人飲酒喧唱的聲音。他把菸斗燒成一個小小的火湖。菸草的香味，立刻在夜室中瀰漫開來。

「J. P.，」她愉快地說，「你換了菸草的牌子了?」

她的愉悅使他詫異。從前，每當她說到出國，沒有一次不是流著令他自疚、煩躁的眼淚的。

「朋友送的，」他微笑著說。這時旅社的下女送來晚飯，是一些臺式的消夜。她一下子就吃下了一碗稀飯。但他卻無端的失去了食慾。

「J. P.，」她說：「你從來就沒有愛過我。」

她熱心地吃著一盤醃瓜肉。

「但這不能怪你，」她說，「我何嘗以爲我不能沒有你。」

「小劉，」他說。

「你應該吃一點，」她說。她爲他盛了一碗稀飯。「近來，很多時候，我總是又愛哭、又愛鬧……」她孤寂地笑了起來：「也虧你有這個耐心。」

「小劉，」他說：「我們都那麼久了。我的感情，你應該淸楚。何況，對不起人的是我。」

她兀自安和地笑著。這時忽然有水自高處落地的聲音。他們向黑暗的陽台下看去，在一個小庭園的東洋味的石燈台的光影中，看見一個日本人在小便。她立刻別過頭去。他吸著菸，微笑地說：

「日本人『有禮無體』，就是這樣。」

她望著他，雖然並沒有興趣，她依然說：

「有禮無體？」

「平素說話客氣，哈腰，鞠躬；但也隨地小便，飲酒喧嘩……體，大概是體統的意思。」

「J. P.，在愛情裡，」她認眞地說：「沒有誰對得起誰，誰對不起誰的事。這是詹奕宏說的。」

「詹奕宏？」他說。

她一下子就想到她說溜了嘴。她用雙手合握著啤酒杯，讓酒杯在手中慢慢打轉。

「從前，你說社會，你的孩子，你的家族……其實還有一件是你沒說的：你在公司新得的地位，」她以並不傷人的調侃笑了起來：「你說，這些這些，使你無法跟你太太離婚，跟我結婚。其實，你很淸楚，這全不是理由。」

「我不是不願意承認，」他苦痛地說：「感情的事，不那麼簡單。你明知道的。」

「J. P.，我不是在跟你爭執，」她看著他憂苦的臉說：「或者，就這麼說：你以你的方式愛我。不打破你的家庭；不跟我結婚；在我這兒找感情的寄託；而且也不霸著我不放。我呢？我怎麼辦？好，你說過，我什麼時候找到人，什麼時候要走，你不攔著我。」

他默默地眺望著一幢幢婆娑的樹影，和千萬盞樹影之外的遠方的燈火。橋上往來的車子顯著地少了；標示著那一道橋的等距的燈火，也忽而顯得孤單得很了。

「所以，你要走了。」他終於喟然地說：「是詹奕宏嗎？」

這次，她沉默了。

詹是新來公司不及一年的年輕人。據說是能力強，很快就佔了新成立的成會組的組長。他有一頭經常零亂的長髮，肩膀出奇的寬闊。平時沉默寡言，工作起來，香菸一根接一根地抽。逐漸地，劉小玲發現他是個粗魯、傲慢，滿肚子並不爲什麼地憤世嫉俗。有一回，劉小玲打完了一封長長的信，猛一回頭，剛好看見他叼著剛點上的香菸，昂著頭鬆開領帶，然後以手支頤，困惱地沉思手上的公事的樣子。他的荒疏的、帶著些野蠻的忿忿的臉；他的出奇地寬闊的肩膀；他的敞開的領子和不禮貌地鬆開的領帶，構成不可言語的魅力，在那個回顧的片刻裡，直接、迅速而又無可理喻地使她匆匆地臉紅了起來。那時節，她正好和 J. P. 天天吵鬧，情緒壞到逾此一步就要自毀毀人的時候。單純地自爲了以新的激情減緩另一個失望的激情底苦痛，她自暴自棄地以少婦的蠱媚，輕易地誘惑了他。然則又初不料她竟然會絕望地愛上了這個不馴又復不快樂的年輕的男人。

「沒有人能審判愛情，」她說：「每一件不快樂的愛情，總有一方說被另一方欺騙、玩弄。」

「James 是個好青年，」他的語調沉重，「那麼，你何苦要到美國去流浪？」

「一個愛上別人的人，包括我自己，總以爲別人應當以對等的愛情回報他，」她幽幽地說：「卻從來沒有想過，這是多麼明顯的不公平。」

他想起那段時日。在白天，一個是主管，一個是主管的秘書。一下班，她就拖著他在隱密的地方爭吵、哭鬧、威脅……直到有一天，她說：「J. P.，我認了，可是讓我慢慢的走開。」「沒有人叫你走開，小劉，只是我沒有權利叫你要我罷了。」他說。從那以後，他們算是爲了分開而相處至今。「如今她眞要走了，」他想著，嘶吧、嘶吧地抽著菸斗，注視著在月光下顯得有些困乏的她的臉。他忽然很想說：

「在愛情上，女人要比男人誠實，比男人勇敢多了。」

然而他沒有說出口來。他沉吟著，說：

「James 能力很好，有前途。你，我設法另外給你介紹更好的工作，你們來往，也方便些。」

她沒說話，只是神經質地用手攏著她的頭髮。她想謝謝他的好意，可是那又太生分了點。她看著他沒有動過的、應該早已冷了的稀飯，反射性地說：

「你該吃一點兒了，J. P.。」

她不該說話的，她想。她聽見自己抖顫的聲音，使她努力、努力地抑制了的淚水，終於嘩地流滿一臉。

「怎麼了，小玲。」他慌張地說。

她開始出聲哭泣。

就在昨夜，詹奕宏向她吼叫：

「不要想賴上我，我可不是垃圾桶。別人丟的，我來揀！」

「James……」她說。

「我不是什麼他媽的 James，我是詹奕宏！」

「我從來不敢想你會娶我。你就把我當做壞女人好了……孩子我自己生，自己養大……我會走得遠遠的。」

她哭了。她已不再是做夢的女學生，但也正因爲這樣，當她發覺自己已經那麼不可救藥地愛著詹的時候，她是酸楚的。爲什麼她能愛、要愛，卻只能無助地等待另一個分別？……

「怎麼了，怎麼了？」林榮平憂愁地說，把她擁在自己的懷裡，輕輕地拍著，用手絹爲她擦去淚水，頻頻吻著她的長髮。「怎麼了，怎麼了？」他說。

他擁著她。他眞切地感到自己實在是愛著這個女人的。只是他的地位、他的事業、他的自私使他懦弱、使他虛僞、使他成爲一個柔輭的人罷了。月亮有些偏西。整個溫泉區已在淫蕩後的疲乏，滑落深沉的睡眠。

她止住了哭，把手絹還給了他。

「不好意思哦，」她細聲地說：「我們該走了。」

「怎麼了呢，你？」他寂寞地說。

「沒什麼，只是愛哭。」她歉疚地笑了起來。

他們走下陽台，在櫃台邊看見小熱海出了名的擺設：一隻日本長尾雉的標本，棲息在曲勁有致的木架上。長約六公尺的美麗的尾羽，即使在日光燈下，還發出美艷、高貴的色澤。

檯台的服務生一臉的睡意。他付了帳，她在那小小的日本風的庭園邊站著，望著開始有些陰霾的夜天。「請務必再來。」服務生用生硬的日本話說，目送著他們的車子向黑暗中滑行。

2 溫柔的乳房

劉小玲把啤酒重又放到冰箱裡。這是個燠熱的夜晚。冰透的啤酒會使他整個兒高興起來的，她想。桌上的菜開始涼下去了。她望望牆上的小小的電鐘，時間已經超過了客人應該來的時候有半個鐘點。她有些焦慮，卻沒有忿怒。她打開電視，坐在剛換下套子的沙發上。她想著差不多所有的他們的約會，他總要漫不經心地耽誤，甚至有一次根本把約會都忘了。她於是獨個兒無聲地笑了起來。

隨便打開的電視，正演著一個少女迷戀於一個早有妻兒的中年上司的故事。在一間經理辦公室裡，一個中年男人迫不及待地點燃了一根菸，深深地吸了一口，靠在椅背上，左手蒙著眉宇，然後緩緩地吐出白色的煙。經理室的門外，有幾個職員在埋頭工作，唯獨有一個年輕的女職員定睛地注視著經理室中的男人。鏡頭忽然調近，照出一張做著夢的，大眼睛的少女的臉……一泓柔和的音樂從遠處流入。少女的聲音在旁白：

……如果我能把手放在他那憂悒、疲倦的眉頭上，讓他知道，在這世界上，有一個女孩子，那麼樣，那麼樣地愛著他……

劉小玲格格地笑起來。她一邊給自己點起一支香菸，一邊想，詹奕宏一定會說：「蠢透的電視連續劇。」電視裡的經理，是個有幾分文化氣質的、優柔寡斷的男人。商場裡，怎麼可能會有這種男人？她想，J. P. 就不是這種人……

那天深夜，和J. P. 從小熱海回臺北，在他的車子，他說：「現在我曉得了。其實你應該早些告訴我。」

她沒有說話。車子駛上方才他們遠遠的眺望著的一道橋。他知道了也好，她想，好像什麼事都有一個冥茫中的行事曆上安排好了似的，自然就發生。

「其實你應該早些告訴我的。現在我曉得了，」他說：「詹奕宏應該不知道我們的事。」

她不知道他的最後一句話是詢問，還是判斷。她望著他專心開車的模樣。他的臉上並不是沒有一種悲愁，而是並非邀人去憐惜的那種悲憐。她輕輕地靠在他的右肩上。

「事情總可以安排的，」他說著，車子在一個機械地紅了臉的紅燈前停了下來，他用左手輕輕地拍了拍她的頭，說：「也許，在適當的時候，我找他談談……」

「不！」劉小玲驀地坐直了。「我已經打定主意到美國去，」她說：「再說，我的事，可不是你那些業務上的決策，由得你下決定。」

她於是散漫地、落寞地笑了起來。

其實當時她應該生氣的吧，她坐在客廳中想。生氣他把她當做一件事物去「安排」。但她卻不能生氣他把她推卸給詹奕宏的認眞勁兒。兩年了，她知道那於他尤烈的男人在愛情上的自私心。因此，當他說，「事情總該可以安排的」的時候，她毋寧感到某種愛情和同情混合起來的酸楚。

就在這時，身邊茶几上的電話突兀地響了起來。她搶掠一般地抓起電話。是詹奕宏的聲音。

——喂……你怎麼了？

她急速地喘著氣，把抽剩的菸，截死在菸灰缸裡。

「你的電話，嚇了，嚇了我一跳……」她笑著說。

——我看你心臟不好，應該去看看醫生。

她聽見他身後雜沓的市聲。

「你在那兒呀，還不快來。」她說：「菜都涼了。」

他在電話的那頭哼哼地笑。他說他下了班回到賃居的地方，覺得累，竟而睡著了。「我剛洗完澡出來的，餓了。」他說。

她放下電話筒，端了兩個菜到廚房去熱。她的心蕩漾著不可救藥的甜美。她想要唱歌什麼的，但一顆眼淚卻靜悄悄地滑下她的面頰。「啊，James，壞種，」她無聲地說著，點上爐子，打開抽油煙機，「爲什麼老叫人盼著，盼著……」

她想起她的父親，一個曾經活躍在民國三十年代的華北的過氣政客。來臺灣以後，他忽然變得不但不問政事，即使連家中的生活鉅細，也撒手不管。劉小玲生下來的那一年，帶來的一些貲財已經用盡。做完月子，她的母親就把頭髮燙起來，出外爲生活張羅。比她的父親年輕了三十歲，做爲第四任妻子的她的母親，不久便顯露出在外交上、商業上的奇才。透過過去的「劉局長」的關係，母親開起時裝社、貿易公司和餐廳。隨著生意的隆盛，當時在三十邊緣的母親，竟也日益豐艷起來。據老家跟了來的周媽說，從那以後，她的同父異母的哥哥姊姊們，吃的、穿的才漸漸像了樣，至於母親的獨生女的她，就更不用說了。

然而，她的父親，卻一年到頭一襲長綿衫，秋夏一襲單長衫，諸事不問，時而弄弄老莊，時而寫寫字，又時而練練拳，寫一些易經和針學的關係之類的文章，在同鄉會的刊物上發表。初時母親苦口求他，穿個像樣兒的，幾些場合也出去周旋周旋。「唉。寶蓮，」父親呵呵地笑，「二十歲從日本學兵回來，什麼我沒抓過，什麼我沒見過？」父親於是依舊是一年兩襲長衫，依舊是百事不問。劉小玲懂事以後，母親的事業越來越大，父親在家裡越發成了一個破舊的、多餘的人。母親即使在家小的面前，也開始稱他「髒老頭」，任意支使。爲了應酬，爲了牌局，母親不回家過夜的次數越來越多。而母親另有男人的謠言，在外面繞了個大圈子，終於流到他們家中來。異母兄姊一個個搬到外面住校、通學。劉小玲開始反抗母親在家中強大的權威。

她上高二那年，老父終於病倒。母親把他送進一家很好的醫院，每半個月到醫院繳一次醫藥費和特別護士的費用，卻連病房都不去探一下。那時候，她是一個沉默的少女，日日陪伴著昏睡的時候多的父親。有一天晚上，她回到家裡，看見客廳裡擺著裝飾得很輝煌的聖誕樹，樹底下堆著一大堆禮物。

「你娘爲你擺的，」周媽說。和藹地笑著。

她無言地佇立在客廳，然後又無言地把樹上的吊飾摘下，連同樹下的禮物搬到庭院中心，劃了火柴，點燃那些花花綠綠的禮盒子。周媽在一旁默默地流淚。火光把她的臉烘得發紅。寒冷的冬夜，她忽然周身困倦。那夜，她沒有回醫院陪父親，而父親卻正巧在那夜過去了。

她把熱過的菜倒在大腰盤中，用抹布擦去盤沿的四周。周媽口中的那個「一次槍斃十個把人，眼皮不眨一下」的、驃悍的、青壯時代的父親，她從沒見過。她看見的，卻只是一個邋遢的、懦弱的、一任妻子嘲罵和背叛的老人。

門鈴叮叮咚咚地響了。她關掉爐火，兩步當一步地跑著去開門。門開了，一股酒氣迎面向她撲來。她看見詹奕宏因酒而青蒼著的臉。她默默地後退，讓他進來。

他用酒後的、昏濁的眼睛望著她，哼哼地笑。

「不是說睡過覺剛出來的嗎？」她慍然地說。

他重重地坐在沙發上。他穿著一條質地很好的牛仔褲，暗黃色的襯衫有些骯髒。他一手抓住茶几上的菸盒，用他肥厚的唇啄出一支長腳的香菸，爲它劃上火，連連地吸著。香菸叼在他的嘴上，上下躍動。

「不是說好來這兒吃飯的嗎？」她背靠著客廳的大門，委屈地說。

「光喝了酒，還沒吃東西，」他似乎在安慰她似地說：「我請老張喝了酒。」

「老張？」

「守衛的老張。」他站了起來，走向飯桌，隨手拈一塊肉塞進嘴裡。

「噢。」她說：「我再去熱兩個菜。」

她一下子高興起來。這是個才二十坪大小的出租公寓。一個臥室，一個小客廳連著小餐廳，一廚一廁，五臟俱全，一間間挨著。她一邊熱菜，一邊說：

「老張呀，老張他怎麼樣？」

「他×的，」緩緩地抽著菸，一邊脫著鞋襪。

老張是公司的門房守衛。昨天早上，人事處貼出了一張布告，說老張半夜裡在公司的守衛室中召妓狎飲，應予革職。

「他×的，也算老張當著霉運，」詹奕宏說：「半夜裡的事，怎麼就讓洋鬼子撞見了。」

他到飯廳打開冰箱，給自己倒了一杯冰水。他說其實只要人事室的葛經理肯說話，一定不至於開除。「何況，那個女的根本不是什麼妓女，是老張的女朋友，在桃園加工出口區一家日本廠做工，」他說：「喝酒，他老張原來就喝酒的呀。」

「You know what I mean, eh?」他一邊喝水，一邊惡戲地對著電視機學葛經理說話。葛經理喜歡說英語，也說得不錯。只是他在一句話裡要插上好幾個「你明白吧，呃？」成爲令人聽了厭煩的口頭禪。「You know what I mean, don't you, eh?」詹奕宏揮舞著左手，說：「You know ... know個鬼喲，他娘個×……」劉小玲一邊熱著菜，一邊忍不住格格地笑。

門鈴又咚叮咚叮地響了。「You know what ...」詹奕宏一邊調侃地學舌，一邊去開門。一個瘦小的男孩送來一盒蛋糕。

「生日蛋糕？」他詫異地說。

她從廚房跑出來，跟瘦小的男孩說「謝謝」，並且多算了十塊錢給他。瘦小的男孩歡喜地走了。他關上門，依然不解地看著她。

「你的生日，今天，」她說著，歪過頭去。

「哦，」他說，「哦哦。」

他慣有的嘲諷的臉，在那一刹那間，換上了某種沉思的表情。「哦哦，」他說。

她的眼圈微微地紅了。沒見過對自己也這麼粗心大意的人，她想。

「我跟老張吃酒，不是故意的，」他走向她，訥訥地說：「我只知道你要我來吃飯，卻不知道是要吃我生日的飯……」

她笑了起來。「我可是餓了，」她說。在燈下，她有煥然的容光。她用圍裙擦著臉上的汗水。穿著雪白長褲的她的身姿，有說不出來的帥氣。她用兩手環抱著他的腰，邊推邊向飯桌那邊走。他的腰結實而不失柔軟。比起他身上的任何一個部分，他的腰板最能顯示他的年輕。J. P. 的腰，早已鬆垮下來了。

他們開始吃飯。一桌子都是她不知從那裡學來的臺灣菜：一碟蔭豉蚵；一小鍋豬腳麵線；一盤炸肉塊；半隻白斬子鷄……「做得還地道嗎？」她邊吃邊說。「嗯，」他說。其實她並不是個善於烹飪的女人，除了白斬子鷄，都不很對味兒。然而他只是一逕喝著啤酒，一逕說：「嗯嗯，還不錯。」陽台上整個黯了下來。兩盆石榴在室內漏出的光中，靜靜地竚立著。

想一想，這已是他第二十八個生日了。然而，這卻是頭一次出其不意地有人格外記得他的生日，用了精緻的心，爲他備辦了一頓專爲他的生日而吃的飯。他的形若傲慢、犬儒的心，逐漸在溶解。他忽然說：

「喂，你可知道，這是頭一次，有人爲我過生日。」

她擱下正要夾菜的筷子，望著他。他於是訴說起來。

由於不大不小的家產的蔭庇，他的父親在日治時代受完了中學的教育。中學畢業後的第三年，臺灣光復，他的祖父也在這年過世。「這時祖父留下的產業已經不多，街上一爿藥店；一家布店和鄉下的不足一甲的土地。」他悠悠地說。又二年，他的父親在一場動亂中，枉受牽連，差一點送了命。這以後，年輕力壯的他的父親，忽然變得縱慾醉酒。「祖母心裡焦急，趕緊給我父親娶了一門媳婦，」他笑著說。婚後，他的父親開始振作起來，但金融的波動，使他破產。「就在那時以後，我和弟妹相繼出世，」他喁喁地說：「我父親託了人情，總算在小學裡弄到一個美勞老師的職位。」生活的清苦，可以想像。「給孩子們過生日，第一，經濟上沒有餘裕；第二，在我們鄉下，也不時興。」他說。

她專注地傾聽著。不是因爲他的敍說有什麼傳奇之處，而是由於他在敍說著他自己的一向不爲她所知的童年。她在他喁喁的、懷舊的敍說中，走進他的記憶。在那記憶中，到處是舊時照片的霉黃的色調。她爲他新斟了一杯啤酒，想起了那個寒冷的聖誕之夜。她想起火燒中的花花綠綠的禮物盒子；想起孤獨地死去的自己的父親。他沉默地喝著啤酒。他想起今天下班後收到的父親的家書。無非是說匯回的錢已收到；說他常以「在美國公司負大責任的大哥」爲榜樣，訓勉弟妹。但不尋常的是，父親竟然頭一次這樣寫：「我一生是失敗者……望你努力，出人頭地。」

「如果一個人老了的時候，終於給自己下了結論，」他說：「說自己是個失敗者，那是什麼樣的心情啊。」他於是想起在家鄉的精瘦但不失爲健康的父親。眼眶和他一樣的深陷，講話出奇的快。從小到大，他慣常聽見他以那快速的話鋒抱怨校長，抱怨訓導，抱怨將近三十年前招致他破產的金融波動，抱怨政治，抱怨天氣，抱怨「外省人」……

「從小到大，我在貧窮和不滿中，默默地長大。」他說。他的小而飽滿的臉，因多量的酒而愈益蒼白起來。「家庭的貧窮、父親的失意，簡直就是繩索、就是鞭子，逼迫著我『讀書上進』。讓我覺得，以家境論，以父親的失意，我本早就沒有求學的機會的，」他說：「而我得以一級一級地受教育，讀完大學，又讀完碩士。」他面有怒色，「卻從來沒有人問過我，我自己想要什麼，想幹什麼……」他砰砰地捶著胸脯說。

「你喝多了，」她溫柔地說。

「孩子，你看，我們犧牲自己，讓你往前走。你看，你一定得出人頭地，」他譏嘲地說：「我們犧牲了沒關係，孩子，走哇！往那個地方走，那個我們這一輩子想到卻無法抵達的地方——這就是他們。」他一會兒揚手，一會兒揚眉，表情十足地說著，於是便哼哼地笑了起來。

「你喝多了，」她說：「你一定先跟老張他們喝多了。」

她把他拖到客廳，坐在電視機右邊的安樂椅上。

「好吧，我就拚命讀書吧，」他亢奮地說：「拚命讀吧，他×的。我總不能向我老子說：爲什麼要以你的失敗奴役我，爲什麼！」他向空中揮拳頭，使安樂椅輕輕地搖晃起來，「因爲，他×的，我明見的，失敗的滋味確是夠人受的。家中的生活陰悒窒悶；母親像機器——蹩腳的、生產力很低的機器，一般地工作：幫傭、洗衣服、帶小孩……父親整天抱怨、整天詛咒……」

她拿了一條冰過的毛巾，爲他擦拭額上、頸上的汗珠。當她爲他解開襯衫的胸釦，用毛巾伸進他單薄卻寬闊的胸膛時，他唧唧哼哼地笑了起來。

「好冰，」他說著把她推開。「好吧，既無退路，我就拚命讀書吧，」他亢昂的聲音突然低緩下來。他用左手蓋著眉頭，輕輕地搓揉著他的兩個靠近鼻樑的眼角：「想一想，當時每天只睡三、四小時，十幾歲的孩子啊，營養又壞，一年兩年下來，沒有把命讀掉，也是怪事。」

他開始輕輕地搖晃著安樂椅。她在一旁安靜地爲他削著冰過的水梨。她注視著他，一個男人怎樣吐露他的創傷，這是她首度眼見。這時，她才看到這個平素粗暴、桀驁不馴的男子的心的裡層。她的心疼痛起來。

「吃個梨子，」她說著，把一顆裸的、滿是水汁的水梨遞給他，「梨子可以醒酒……」

他木然地啃著水梨，水汁從他的嘴角上掛了下來。她趨前爲他拭嘴。她的微微地發疼的心，在揩拭著他的嘴臉的時刻，湧出一股密密的溫度。在燈光下，在不知正演著什麼的電視機前，一個女人，守著，憂傷地守著一個男人的傷痕，撫摸著那疼痛，使一個人的創疼，分成兩個……這是何等的，她所渴想的幸福啊。她沉思起來。她想起自己的破敗了的婚姻。大學一畢業，她單只是爲了讓母親傷心而嫁給了一個長她十歲的船務公司的老光棍。婚姻的破裂，並不單純地因爲那個人在生理上的不能，更多是因爲那不能而來的奇癖。離了婚以後，她進入馬拉穆，過著從一個男人流浪到另一個男人的寂寞的生活。

他依舊木木地喫著水梨。他忽然說：

「喂，有酒沒？我不要啤酒。」

「沒有了，」她說：「況且你不能再喝了。」她走到電視機換台，「看看電視。」她說。

然而他逕自有些踉蹌地到櫃子裡取出一瓶雙鹿和一隻酒杯，又復有些踉蹌地回到安樂椅上，爲自己倒滿深褐色的酒汁。她知道今天他非醉倒不可了。

「詹奕宏！」她憂慮地說，過去搶他的酒瓶。當他抬起雙肘來護衞手中的酒瓶的時候，他的左臂碰到了她柔軟卻出奇豐盈的、沒有穿戴胸衣的乳房。即使因酒精而有些遲鈍起來的他的官能，也在那一剎那間感到一種深在的震顫。他以醉者的目光，默默地、筆直地注視著她。

「你已經喝多了，」她抱怨地說：「喝多了。」

他兀自無言地望著她。但那目光，卻沒有慾情的渴切。

「把酒瓶給我，乖寶貝，」她說：「去洗個澡，我們早些睡。」她以造作的誘惑哄騙著說。

他無言地喝下手上的一杯酒。他思索著她格外豐盈起來了的乳房。他於是慢慢地再斟一杯酒，訥訥地說：

「喂，你說懷孕了，是眞的嗎？」

「把酒瓶給我吧，」她說。

「是眞的嗎？」他說。

「我懷不懷，干你什麼事？」

她微笑地說。她知道取回他手中的酒瓶的希望，不論如何，是很渺茫的了。她回過頭去看電視。一部臺語連續劇在螢光幕上吵鬧著。

他一個人哼哼地笑起來了。

她起身收拾飯桌，輕輕地哼著正在流行的歌曲。

「你別走，」他返身在茶几上取菸，用有些抖顫的手劃上火柴。

「我只收收桌子，」她邊收邊說：「明天再洗嘍！」

他沉默地看著螢光幕，「吧、吧」地抽菸。酒精開始使他有些兒心悸起來。

「你懷不懷，干我什麼事，呃？」他獨語似地說。

「什麼？」她在廚房裡問。杯盤落入水槽的時候，發出刺耳的聲音。他沒有說話，茫然地看著電視。

她一邊擦著手，一邊從廚房走出來，坐在他的身邊。

「什麼？」她說，望著他的似乎頓時疲倦起來了的、蒼青的臉：「我去放水，讓你洗澡。」

他沉默地、慢慢地喝著酒，看著電視。

「喂，」他忽而說：「你覺得，臺灣人，怎樣？」

喝醉了酒的男人的問題，她想。然而她依然認眞地說：「我的心裡，有個臺灣男人，」她望著他的老是有點寂寞的、有點生氣的側臉，「他最像個男人，像個男人……」「我愛他。」她無端地感傷起來，「可是，他並不愛我。不愛。」她說，「不愛啊。」

「你看這些臺灣人，」他盯著螢光幕說，「你看這些臺灣人，一個個，不是癲，就是憨。」

她茫然地看著電視中臺語電視劇低級趣味的嘈雜。

「如果，一個外省人，」他說：「一個外省人，從小到大，從這種電視劇中去認識臺灣人，那麼，在他的一生中，在他的心目中，臺灣人，是什麼樣的人？」

她專心地聽著，幾乎忘了這是醉酒的人的酒話。

「我當然知道，」他說：「編寫這種劇本的，也正是臺灣人。」

他於是悲愁地、哼哼地笑起來。

「要不要洗澡，」她說：「我去放水。」

他沉默了一會，忽然說：

「你說，你懷不懷，干我什麼事？」

她格格地笑起來。「怎麼了？」她笑盈盈地說。

「你懷不懷，當然不干我的事。」他說。

「我去給你放水。」她柔聲說。

「當然不干我的事！」

他的聲音高亢而戰慄。她猛一抬頭，看見他被忿怒和過量的酒所歪擰了的，醜惡而可怖的臉，她的心忽而迅速地下沉。

「說開了吧。」他叫著說，「你以爲，你以爲我不知道你和J. P.的事，哈！」

她的四肢開始發涼。這暴風雨來得不曾有過的那麼突兀。他是個善妒的，甚至狂妒的男人。多少次，他爲他風聞的她的過去的事激烈地爭吵。然而，她萬未想到她和J. P.間的事，他也知道了。

「你懷不懷，當然，不干我事，」他的臉灰白得像一張久置的舊紙。他瘋狂地叫喊：「你的褲帶，就不能束緊一點！」

他的話，像一束利刃，猛然地剉進她的胸膛。她因羞怒而漲紅了臉，眼淚如傾倒一般流瀉下來。

「你，這樣地欺騙我！」他說。

他猛一個翻身，一個沉重的巴掌摑在她的臉上。當他向她摔去第二個巴掌的時候，她以連自己都不自覺的快速，霍然站起，手中握住削水梨的鋒利的水果刀。

他也從安樂椅上起立。他看見一向任其詈罵，甚至毆打的眼前的這個女人，竟手握利刃，肅然地站在他的面前。酒後的他的思維，在那一刹那時中，還不能理解眼前的景象的意義。他喘著氣，說：

「你以爲，我，也是電視裡的，那種，又癲，又憨的人嗎？」

他的聲音顯然地失去了凌厲。他看見女人的左頰，已經清晰的腫現他的掌印。她退後兩步，緊緊地握著水果刀子，說：

「不要再對我動粗，我的身上有孩子，」她的聲音和她的表情同其莊嚴：「詹奕宏，你聽好：不論你信，你不信，我的身上，有你的孩子……」

他茫然地站著，用一雙被酒精浸透的眼睛，空寞地望著她。

「不過，你放心好了，」她噓了一口氣，清晰地說：「我劉小玲，決不會賴上你，要你娶我。我說過：孩子，我自己生，自己養大。我們母子會走得遠遠的。」

他木然地站立著。他的酒，忽然醒了大半。「我的身上，有你的孩子……」她的聲音在他的腦筋中的某一個清醒過來的部分迴盪著。他看見母性最原始的勇敢。她的眼淚在她的腫著他的掌痕的雙頰上，逐漸乾涸。然而她依舊緊緊地握住鋒利的刀子。

「我不讓一塊隨便的血肉，留在我的身上長大，」她無意識地用手掠了掠頭髮：「我懷著這塊血肉，因爲，」她的聲音微微的顫抖：「因爲，我愛你……」

她的眼眶即刻紅了。然而她近乎驚惶地抑制著自己的感情，用力眨著眼，握緊刀子。她沉默地和自己的情緒搏鬥著。許久，她說：

「去吧，去洗澡。」

他站了一會，沉思著。然後，他把衣服穿好，拎起沙發上的外套。

「你幹什麼？」她說。

「我走。」他說。

她俯首不語，把水果刀放在茶几上。他突然看見她的小指在流血。顯然是用力握住刀刃而割傷的。

「走吧。」她疲倦地坐在沙發上。血滴在她雪白的長褲腳上，留下暗紅的印子。

他躊躇著。剩下的一點點薄弱的男性的自尊心，使他不能不走向門邊。這時，她突然從後面抓住他的皮帶。

「幹什麼？」他說。

「別走，」她淒楚地說。眼淚雨一般地流下來。她開始吞聲：「我不纏著你，」她哽咽著說，「要走，明早走。你，醉，醉成這個樣，騎摩托車，太危險……」

她於是失聲，哭得那麼樣的悲淒。

他返轉身來，猛力地抱住她。

「小劉！」他低聲說：「你的手弄傷了……你，知道嗎？」

她哭得渾身抖顫。他感到她的沒有穿胸衣的、顯著地愈加豐盈了起來的、溫柔的乳房，在他的懷裡，急促地彈動。「我的身上，有你的孩子……」她的莊重的宣告，佔滿了他的心思。

「別哭，」他輕拍著她的項背，「你的手弄傷了……」

兩行淚不知在什麼時候掛上了他的青蒼的、滿是酒氣的臉。

3 沙漠博物館

延遲了一個星期之後，馬拉穆國際公司太平洋區的財務總裁索倫・O・伯德爾先生一行三人，終於蒞臨臺灣馬拉穆電子公司。摩根索先生和林榮平以下的整個財務部，整整地緊張、忙碌了四天。第五天，S.O.B.（索倫・O・伯德爾）留下達斯曼先生繼續留臺檢討財務細節，一大早就飛往東京。S.O.B.對臺灣馬拉穆的財務狀況，十分之滿意。林榮平的幹練，又一次獲得極高的評價。而林榮平之中國式的不獨居功勞；之善於適當地把成就的一部分歸給摩根索先生，使摩根索先生大爲高興。

緊張的四天過去了。留下來的財務稽查長達斯曼先生，是一位年輕、聰明而隨和的人，對臺灣馬拉穆上下人員，都十分的友善。第五天是達斯曼先生稽查工作的開始，財務部決定在第五天下班以後，邀集部裡的幹部，宴請達斯曼先生，順便給決定在下月初離職渡美的劉小玲餞別。

詹奕宏下班回到賃居的小公寓，換上一套新做的藏青色西裝，來到設宴的飯店。

在登上三樓的電梯中，他看見大鏡子裡的自己削瘦了很多。他對著鏡子拍拍肩上細碎的頭皮屑。一對外國情侶在電梯的角落依偎地站著。他感到數日來無暇去對付的自己的憂悒，就像這電梯一樣，沉重卻輕若貓蹄似的上下著。

他走進三樓訂好的宴客房間。

「嗨，詹！」摩根索先生興高采烈地說。

「嗨！」詹奕宏說。

侍者爲他端來一杯摻著薄酒的果汁。他找到餐桌上寫著 James Chiam 的小卡片，坐了下來。

「James，你看來累壞了，」摩根索先生在桌子的另一頭說，向他抬抬手上的果汁，「J. P. 說你這幾天幹得很好。」

詹奕宏也向摩根索先生抬抬手上的杯子。「謝謝你，可是沒什麼……」

他說。就在這時候，林榮平和達斯曼先生擁著劉小玲走了進來，一時「嗨」，「嗨」之聲此起彼落。林榮平的西裝是米黃色的，料子和做工都是明顯的上品，然而領帶的花色，卻流俗不堪。達斯曼先生沒有換下穿了一天的粗大的蘇格蘭呢的角花上裝，依舊一副不修邊幅的樣子。他的絡腮鬍子在柔美的燈光下，有金黃的光澤。

劉小玲一身暗紅的晚禮服，長裙觸地。雲雲的濃髮蓬鬆地、洒脫地停放在她細嫩的肩上。寬鬆的絲絨料子，怎也掩不住她修長、美健的身段。她無言地和每一個向她打招呼的人頷首而笑。

詹奕宏低下頭輕輕地啜著摻酒的果汁。自從她踏進餐室，她沒有正眼望過他。也正因爲這樣，他知道她早就看見了他。在這麼多人面前，他不應該顯得太落寞，他想。然而他卻怎麼也無法若無其事地找人閑聊。他於是不知不覺地摸出香菸，這才驀然發覺有人把點著火的打火機送到跟前。

「謝謝，」他恍然地說：「謝謝啊！」

林榮平無語地關掉打火機，默默地看著他，抽著板菸。他毫不做作地輕拍著詹奕宏的肩膀。

「沒見過你穿得這麼正，」J. P. 用英文說。

詹奕宏笑起來，「Never saw you so afluently dressed.」他想著 J. P. 的英文，用 afluent 形容衣著，倒是頭一遭聽說的。

「這幾天，」J. P. 說：「眞虧你……」

「沒什麼。」

他說。他索性筆直地望著他的上司。在J. P.的臉上，沒有一絲嘲弄，沒有一絲上司的矜僞。他開始把白天同達斯曼先生一起核對時所發現的問題，仔細地向J. P.說明起來。林榮平專心地傾聽著，間或提出一兩個老到的問題。忽然侍者來問他們要喝什麼酒，打斷了詹奕宏的話。

「威士忌，」J. P.說。

詹奕宏向侍者抬抬桌上的果汁。「謝謝，待會兒再給我添這個就行了。」他說，衝著詫異地盯著他的J. P.微笑著。餐室的氣氛早已活躍起來了。他看見侍者已經在開始給劉小玲那邊上第一道開胃菜。摩根索先生和達斯曼先生坐在劉小玲的左右，神采飛揚地似乎爭著和她說什麼。她只是沉靜地、得體地微笑著。她的頸上掛著成套的景泰藍項飾。他彷彿看見銅片上墨綠的大荷葉，錯落有致地交疊著。荷蔭下一對湛藍底子白碎花點子的鶺鴒。

他在她的寓所過了生日的那晚，他們決定要儘快地結婚。第二天晚上，他陪著她去買下今晚這一襲暗紅色的絲絨禮服。他們又在一家服飾商店買了一套服飾，燒著古雅花樣的景泰藍銅項飾、銅腰帶和銅戒指。一套一式的墨荷鶺鴒圖案。然後她陪著他去訂製這套藏青西裝。

然而過不幾天，他們又劇烈地爭吵起來。他對於她的過去的妒嫉，接近了一種瘋狂，一種疾病。他們的爭吵日甚一日，彼此交換著最刻毒、最骯髒的詈罵。有一回，在他的寓所，他在激烈的怒火中喪失了理智，發了瘋似地打她、踢她。她抓住一塊椅墊護著肚腹，圓圓地蜷曲在地板上。待他醒來，她一個人踉踉蹌蹌地走了。她沒有哭，沒有罵，甚至沒有呻吟。

她走了。給他留下滿屋子對自己的悔恨。他抽菸，他踱方步，他打開電視發呆……等他再也忍不住出去叫住計程車向她的公寓馳去時，已近午夜。看見她的窗子緊閉，燈光已熄，他掏出鑰匙打開她的寓所。屋內空無一人。從未曾有過的不安向他襲來。就在這時她從外面回來了。她的左額浮著一塊青腫。他大步走向她，她卻輕捷地躲過他的抱擁。一股藥味告訴他她是從醫院回來的。

她在廚房開了冰箱，給自己倒了一大杯冰水。她倚在門口看他，小口小口地喝水。那眼光裡沒有恨，沒有怨，也無疑問地沒有了愛。

「好在小孩沒事，醫生說的。」

她獨語似地說。

「小玲，」他說。

她平平和和地分了半杯水給他。他捧住她握著杯子的手。「對不起你，」他囁嚅地說。她走開，坐在沙發上。

「別這麼說。」她終於說。

他們沉默起來。遠遠地傳來叫賣餛飩的聲音。她從懷裡取出一個飽滿的信封，說：

「這個已經出來了。」

他接過來看，是一疊美國大使館寄來辦移民的表格。

「下個月，我就走了。」

他沒說話，很快地把表格還她。想抽菸，卻沒帶在身上。她把那一疊文件「通！」地摔在電視機上。她喟然地說：「我有孩子，你卻什麼也沒有……」

他掉頭就走。在跨下樓梯前，他瞥見她正平靜地拉上落地窗的簾幕，正眼沒有看他一眼。他忿忿地，一口氣走下樓梯，走上街道。他快速地沿著栽種著楓樹的紅磚路走著。「你走吧你走，走得越遠越好！」他無聲地叫喊著。當他在一個平交道邊被一列轟隆而過的、長長的貨車停下腳步時，他才察覺到從什麼時候起就霏霏地下著細雨了。

「先生，牛排要幾分熟？」穿著深褐色制服的侍著說。

「八分罷。」

他向侍者咧嘴笑了笑。他看見俯著身子的侍者的領口，因汗垢而泛著淺黃。

「其實，」坐在他身邊的林榮平說，「你可以出去讀個博士回來。」

「算了，」詹奕宏說，搖著頭笑。

「財務部明年要擴大。」J. P. 說。

「算了，」詹奕宏說。這回他沒有笑。他別過頭去，和左邊的 Alice 禮貌地啜了一口酒。

「木門餐廳來了一個新歌手，」愛麗絲說，「瘦小個兒，甚至還有點兒土氣，可是唱瓊•拜茲的歌，眞道地。」

「哦，」詹奕宏說。

J. P. 淸楚地看見詹奕宏的敵意。「知道了吧，」他思忖著。和達斯曼去接劉小玲來，自己卻坐到離開劉小玲有一個桌子的這邊來。這無非也只是向摩根索表示「和琳達並沒有什麼」的姿態。他看見摩根索和達斯曼一左一右地坐在劉小玲的身邊，與高采烈地談笑。他對兩個外國人感到忿恨。「不，」他想，輕輕地搖搖頭，「最可恨的毋寧還是自己吧。」曾是自己的情婦的女人，受到外國老板的輕薄，卻要幾乎反射性地對這個老板佯裝不知；佯裝自己和那女人之間什麼也沒有。「這樣的自己……」他想著。

「林經理，」Davis徐說，「敬您。」

林榮平堆下滿臉的笑，舉起自己的酒杯。Davis是個苦學的青年。十年前，高商畢了業，到美軍單位做事。美軍裁減使他失了業，經青商會的朋友介紹給林榮平。林榮平看準了Davis雖然沒有學歷，卻是個吃苦能幹的人。他毫不猶豫地重用他，使他感銘萬狀。就像現在，他恭恭敬敬地用雙手捧著酒杯說：「敬您，」白皙的臉上，無端地泛起敬畏的、侷促的紅潮。

「平常做什麼消遣呀?」J. P. 故做平易近人地說。

「啊，啊，」Davis結結巴巴地說，「讀一點英文。」

林榮平少不得誇獎他的英文。這時劉小玲的那一頭不知為了什麼而喧譁著。林榮平細瞇著眼睛，看著已經喝紅了臉的摩根索先生。

「J. P. 曾經聽過喜歡沙漠的人嗎？」摩根索先生隔著一張桌子叫嚷，「琳達說她愛沙漠——多奇怪的嗜好。」

林榮平面無表情地看著摩根索。襯著被酒泛紅的臉色，摩根索的鬍鬚顯得尤其地搶眼。「You son of a bitch!」他在心裡咒詛著，「你只不過是個白痴。」他知道在兩年內，紐約方面有一個新的政策，要使各分公司的管理層儘量地本地化——「如果必要而且可能的話。」他已經著手布置。先在財務部安置一些心腹，然後，讓摩根索滾蛋。

「你應該去讀個 Ph.D. 回來，」林榮平轉向詹奕宏，「我可以考慮用公司的經費和名義送你去。」

「算了，」詹奕宏說。

「那麼你應該到亞理桑那州的索諾拉沙漠去，」達斯曼先生對劉小玲說，「那兒有一家很好的沙漠博物館。」

雖然裝著和隔鄰的 Alice，一個平時工作認真的表報組的女孩，熱心地談著一個剛剛才上不久的影片，詹奕宏的耳朵，卻一直在努力地隔著吵雜聽取劉小玲那一頭關於沙漠的談話。達斯曼先生自稱是一個業餘的生態學研究者，正在說明那個沙漠博物館，如何以現代的科學裝置，生動地說明進化的歷程；如何使泰半都在夜間活動的沙漠動物，在特殊的光學設備中，讓參觀的人可以一覽無遺地看見牠們生動而充滿趣味的生活……

「啊，我一直不知道，一直不知道，一直不知道，」劉小玲感嘆地說。

「沙漠是一個充滿生命和生機的地方，」達斯曼先生說，「只是人們太不了解它罷了。」

「But Mr. Dasmann…」劉小玲說。

詹奕宏傾聽著，默默地點上一支菸。Alice的英文不很好，但也似乎在專注地聽著。

「劉小玲今晚好漂亮。」Alice說。

詹奕宏這回把臉轉過另一邊和J. P.喝摻著酒的果汁。「你應該喝點酒，又不是不能喝。」J. P.說。「不，不，」詹奕宏說。他可以感覺到J. P.的十分曖昧的憂悒。可是他開始想起那個自己氣忿地從劉小玲的寓所衝出街上的夜晚——從那回以來，他們就沒再來往過，雖然每天下班回到自己紊亂的居所，便要想念她想念得毫無辦法——

在平交道上攔住他的那一列貨車。黑色而強大的、長長的貨車，轟隆轟隆地打從他跟前開過去，往南邊的他的故鄉：只有兩條小街，一出了小街便銜接一片不大不小的平原的故鄉開過去。

初識劉小玲之後不久，有一回詹奕宏同她乘坐夜車回到南部的鄉下。車上有柔和的燈光，寬敞的坐位。她的左手讓他握著，她的右手把玩著火車窗子上的紗簾。就是這樣地，她喁喁地說著十幾年來不斷地出現在她的夜夢的情景：一片白色的、一望無垠的沙漠。

「每次看到蓋房子的工地上有一堆堆的沙子，我總要走過去用手摸摸那些沙子。」她說。

他漫不經心地聽著。心裡卻在想著他的父親看見他帶了一個「外省婆仔」回家，會有什麼樣的反應，而獨自默然地笑了起來。

「但是都完全不是夢裡的沙子。」她說。

「嗯。」

他略略撐起身，伸手到茶杯座上取他的茶杯。他看見披著長而很是雲雲的頭髮的她的頭，斜斜地靠在窗子的玻璃上。外面是無盡的黑夜。遠處的燈火，遲緩地向後面旋轉著移開。她的機械地嚼著嚼著口香糖的側臉，有一種安定、滿足卻寂寞的神情。

她說夢裡的沙子是白色的。

「不是純白的白色唷，」她說：「有點像鷄蛋殼的那種白色。」她說。

他笑出聲音來。他想起曾有一度每天早晨打兩個生鷄蛋泡酒喝的愚蠢的自己。一個服兵役時認識的朋友說，這樣可以增強男子的能力。

她奇異地轉過頭來看他。

「即使是鷄蛋殼罷，」他說：「也有好多種。」

她把他的右手拉到她的懷裡，卻怎麼也不讓他的手掌有意地、惡作劇地碰到她的碩然的乳房。她依舊把頭側靠著窗子的玻璃，凝視著窗外的暗夜。

「就是那種白色。一望過去，蒼蒼茫茫，看不見邊際的白色而且乾乾淨淨的沙子。」她說。

「總有幾棵仙人掌什麼的。」他調侃地說。

她搖搖頭。

「或者幾個野牛的頭骷髏。」

她又肅穆地搖著頭。

她說第一次有這樣的夢，是在中學的時代。那寂靜的、白色的、無邊的沙的世界，使她駭怕。每次從沙漠的夢中醒來，她總要孤單地哭泣。有時甚至必須把被角塞進自己的嘴裡，才不致哭出聲音來。

「後來，我大了，大約習以爲常了罷，」她說：「我逐漸能夠在夢裡凝視那一片廣袤的沙子。」

她便是這樣地對實體的沙漠發生了興味。

詹奕宏留下一小塊牛排，讓侍者撤去盤子。他用餐巾仔細地揩著嘴。原本就沒有什麼食慾的他的肚子，這時感到滿是蕃茄汁味道的飽脹。摩根索先生提議大家依次給兩位今夜的客人乾杯。詹奕宏看見劉小玲霍地站了起來，在那一瞬間，她婷婷地站著。

「不，」她說：「讓我謝謝大家。」

兩個洋人也跟著起立。全桌的人零亂地站了起來。詹奕宏低著頭，緊握著高腳的酒杯。

「不要忘了我們啊，劉小姐。」Alice突然說。

他抬起頭，一眼就迎見劉小玲注視著他的憂愁的、微醉的眼睛。他看見她手握酒杯，向大家劃了一個邀飲的小圓弧。

她的豐腴的手指上，什麼也沒有戴。他無言地喝盡杯底原已不多的果汁。大家重又落坐的時候。詹奕宏突然想起放在自己西裝口袋裡的戒子。他伸手去摸，它果然還在。那是和她現在戴著的項飾、腰帶成爲一套的銅戒，上面燒著統一的墨綠的燙金的雨荷圖案。那時候，原是準備過幾天去公證結婚時爲她戴上，所以才放在他這一邊。

摩根索先生似乎在開始談論政治。

「SOB說，我們外國公司就是不會讓臺灣從地圖上抹除……」摩根索先生說：「SOB said that we multinational companies here would never let Taiwan wiped out from the map ...」顯然是喝醉了酒的摩根索先生把臉湊向劉小玲，「奇怪吧，」他說，「我們美國商人認爲臺北比紐約好千萬倍，而你們××的中國人卻認爲美國是××的天堂。」

詹奕宏看見劉小玲的臉色僵硬地往後退。「我並不以爲美國是個天堂……」她矜持地笑著。她聰明得體地在「天堂」前面刪去「f... ing」這個髒字。她沒有窘迫，沒有生氣，她甚至有些輕蔑著摩根索先生的失態。詹奕宏迅速地把視線移到牆上去。他覺得胃部有些發冷，腦筋逐漸地感到空漠。「她畢竟是個見過世面的女人，」他想。「And you f ... ing Chinese think the Unites States is a f ... ing paradise.」摩根索先生說：「奇怪吧，達斯曼先生?」達斯曼呵呵嘩嘩地笑。Alice不懂得英文骯髒字眼，卻天眞地應和著笑。詹奕宏深深地吸了一口氣。他的腦袋頓時空盪起來。摩根索還在不住地咿咿哦哦地說著些什麼，但詹奕宏只覺得「f... ing Chinese」在他的空曠的腦筋裡打轉。他忽然發覺他的手在不由自已地、微微地顫抖著。

他忽然說：

「先生們，當心你們的舌頭……」

他用英語說。但那聲音卻出奇的微弱。除了林榮平，沒有人聽見他說了什麼。林榮平訝異地望著他。詹奕宏爲自己怯弱的聲音深深地刺傷，並且激怒了。他霍然地站了起來。

「先生們，你們最好當心點你們說的話。」

他說。他的臉色蒼白，並且急速地氣喘著。餐室裡頓時安靜了下來。似乎沒有人知道究竟發生了什麼事。

「我以辭職表示我的抗議，摩根索先生，」詹奕宏說。他的臉苦痛地曲扭著，

「可是，摩根索先生，你欠下我一個鄭重的道歉……」

「James…」林榮平小聲說。

「像一個來自偉大的民主共和國的公民那樣地道歉。」詹奕宏說。

「怎麼回事，J. P.？」摩根索先生嚅然地說。

「James…」林榮平說。

詹奕宏猛然轉向林榮平，臉上掛著一個悲苦的、痛楚的笑。

「J. P.，」他改用臺語說，「在蕃仔面前我們不要吵架，」他勉強地扮著笑臉，努力用平和的語調說：「你，我不知道。我，可是再也不要龜龜瑣瑣地過日子！」

他於是頭也不回地大踏步走出餐室。

「詹奕宏！」

劉小玲忽然站了起來。「詹奕宏！」她喊著，提起觸地的長裙，追著詹奕宏跑出懸著溫馨、豪華的吊燈的餐室。

4 景泰藍的戒指

在大飯店的門外不遠的地方，劉小玲追上了詹奕宏。她抱住他的臂膀。他們默默地走在通往通衢大道的一條安靜的小斜坡上。她幾次偷偷地、掛心地看著他直視的側臉。方才爲忿怒、悲哀、羞恥和苦痛所絞扭的臉已經不見了。他看來疲倦，卻顯得舒坦、祥和的這樣的他的臉，即使是她，也不曾見過的。

一輛計程車邀請似地在他們身邊遲緩地開著。詹奕宏和善地向司機搖了搖頭，那車子便一溜煙開向前去。在她沉默地望著遠去的車燈時，詹奕宏把她的右手拉了起來，把那一枚景泰藍戒指套了上去。

她開始流淚。

「別出去了，」他安靜地說，「跟我回鄉下去……」

她一面拚命抑制自己不致放聲，卻一面忙不迭地點著頭。

「不要哭。」

他溫柔地說。

他忽而想起那一列通過平交道的貨車。黑色的、強大的、長長的夜行貨車。轟隆轟隆地開向南方的他的故鄉的貨車。

——一九七八年三月《臺灣文學》五十八期

上班族的一日

——華盛頓大樓之二

床頭櫃上一陣驚心的電話鈴，使他慌張地醒來。他摘下眼罩，反射性地一把抓起電話。雖然隔著落地窗的帷幔，他依然感到這仲夏的早晨的陽光，炫人欲盲。

——喂……

——Olive呀？

「喂。」他說。從沉睡中乍醒的他的心，怦怦地悸動著。

「噢，噢，」他說。他忽然醒了大半。「是我，」他說。

——還在睡呀？

「哎，」他說，從床上坐了起來。

——能睡到這時候，就叫人放心了。

對方嘿嘿地笑了起來，他抓起電話機旁的香菸，用左肩和左耳夾住電話，劃上火柴。「其實，醒來過一陣子，」他應酬地笑，把語調儘量裝得輕鬆，「又睡了。」他說。

——好。睡了一夜，現在你總該清醒些。昨天的事，我們當是全忘了。以後，誰也不准再提。

他沒說話。楊伯良會打電話來，是他意外的事。一絲被安慰的卑屈的喜悅，不顧著他的矜持，卑屈地在他的心中漫了開來。

——早上，我已經跟 Mr. Talmann 說你請三天假。也許你該到哪兒散散心。

他默默地抽菸。他想起帶著金絲眼鏡，才過了四十不久就禿了頂的上司 Bertland 楊的狡詐的臉。

——不過，你知道，這段日子忙得很。你那些事，又沒人接得了……所以，如果你能明天來，忙過這一陣，我補你半個月的假。

他依舊沉默著。他緩緩地抽著菸。「我說辭就辭。不辭……不辭……我就不姓黃！」他想起昨天在 Bertland 的辦公室中壓低聲音忿怒的賭咒。「你胡說些什麼！」Bertland 一副愛護的怒容，趕忙起身把辦公室的門掩了起來。他一邊想著，一邊聽著

Bertland在電話裡說，「Come on, Olive, come on …」心裡便悒悒地絞痛起來。

「不，」他終於說，「不要啦……」

——我不是要你現在來。明天。如果實在不行……

「不。」他安靜地說，聲音卻有些躊躇了。「不，我不會去了。」

——O-live

「……」

——你胡說些什麼！聽我說，你的假我已經請好了。明天不想來，沒問題。

他想把電話掛掉。但是他依然默默地聽了幾句「千萬不要衝動」，「你的事我自有安排」之類的話，讓B. 楊掛了電話。

他抬頭看鐘：九點還不過十分。他把抽剩的菸扔進床邊的痰盂。和平日一樣，美娟在上班前把早餐和報紙齊整地擺在臥室的茶几上。他下了床，開始盥洗、吃早飯，胡亂地翻翻報紙，走進客廳。

孩子上學去了的、妻也上班去了的家，竟而是這樣地安靜，是他素來所不曾想到過的。他帶著報紙走出臥室，背著客廳的窗子，坐在白色塑膠皮的沙發上。他想看報。但是從來不曾知道過的，獨自留在家中的安靜，竟而成爲巨大的囂鬧，侵擾著他。他放下報紙。四周的壁紙在遷入新居一年半以後的現在，依然嶄新。爲了這間公寓，他必須每月繳付七千八百元的利息。他在這棟公寓還只在挖地基的時候就曾算過：如果今年升上副經理，他就可以把攤還利息的時限，從十年縮短成六年。

然而「如果今年升上副經理」這個思緒，使他憂悒起來。他想起就在自己斜前方的、Bertland 楊辦公室隔壁的空著的房間。一度伸手可及的那個空出來的副經理室，忽然像一個急速調遠的鏡頭，遠遠地離去。

昨天下午三時許，B. 楊的秘書——瘦楞楞的茱麗——匆促地在他的桌子上丟下一張公文副本。正在苦於找不出不知躲在帳本中的什麼地方的一筆金額的他，索性就拿起副本，一字一句地讀著由很好的電動打字機打成的信：

……茲宣佈自七月十五日起，艾德華・K・趙先生將擔任本公司會計部副經理。他將直接向會計部經理柏特蘭・楊負責。

艾德華・K・趙先生於一九七四年從美國嵌伯爾大學畢業，獲有商學碩士學位。翌年考入莫理遜股份有限公司紐約本部，任高等會計員。一九七六年，奉派調馬尼拉莫理遜亞太區部。今臺灣莫理遜有幸迎接他奉派來臺襄贊財務工作，必須指出：此一派令爲亞太區部對於臺灣莫理遜今後生產規模擴充計劃之實質性協助的重要表現之一。

余深信本公司各級經理暨全體同人，必與我同心向艾德華・K・趙先生致賀。

薩姆爾・N・塔爾曼

他把全錄拷貝的副本擱在桌角上。他機械地把頭埋進黃色的報表裡。然而只那麼幾秒鐘，他又抬起頭來，把自己的手指嗶嗶剝剝地折拗著。然後他把報表一張張收起。他站了起來，把桌角上的副本細心地對折，放進自己左胸上的口袋裡。他的整個的臉，連同他平時總是單薄卻泛著櫻紅的唇，全變白了。

他於是筆直地走進 Bertland 的辦公間。

「怎樣，報表差不多了吧?」楊伯良說。

他知道 Bertland 分明已經迎面看見了他因爲無由自主的羞恥、忿怒和挫傷所曲扭的難看的臉，這若無其事的問話，使他僅剩的抑制力在刹那間綳斷了。他從口袋拿出那份全錄副本，撕成四半，扔在楊伯良的桌子上。

「大家這樣互相欺騙，沒意思。」他困苦地說。

楊伯良立刻把手上的香菸，在滿是菸屍的大菸灰碟裡截熄了。

「坐下來，坐下來。」楊伯良說。

他沉默地站著。他的眼睛從楊伯良的臉上移向他背後的大窗之外。窗外的對街是剛剛蓋好的辦公大樓。四、五個工人在鷹架上披著炎夏的陽光，工作著。

「我應該跟你先提的，不錯，」楊伯良說，「Olive，他們要塞進一個人來，就塞進來，我能怎麼辦？」

楊伯良打開抽屜，抓起一包 Rothmans，遞給他一根。他用雙手做了一個抵擋的姿勢，搖搖頭。楊伯良把謝回的菸啣在嘴上，點上火。他看見 B.Y.（Bertland Young）的抽屜照例躺著幾包牌名不同的洋菸。B.Y. 抽菸一貫很雜駁，Kent, Dunhill，甚至 More, Salem 都抽。楊伯良說：

「我這幾天又忙又生氣，沒有事先告訴你，正是我把你當自己人，你明白吧？」

黃靜雄冷冷地、無聲地笑了起來。他依舊站著，低下頭去看自己的一雙擦得烏亮的皮鞋。

「你跟我這麼久，Olive，」楊伯良說，「也跟你說過許多話。我不是說過嗎？

他們洋人頂多三、四年一輪，我和榮老董扣得很近、很密，我們才是長久的……你明白嗎？」

「我不幹了，」他說。

楊伯良斜著眼瞟了他一眼。「你一向是我貼心的人，你的事我自有安排。」楊伯良說。

「我不幹了，」他又說。

「你給我辭辭看！」B.Y. 生氣了，「你辭！」

「我說辭就辭，」他的眼眶因忿怒和委屈而紅了起來，「不辭……不辭……我就不姓黃！」

他轉身欲走。B.Y. 叫住了他。

「你胡說什麼？」B.Y. 痛心也似地說。他站了起來，把辦公室的門掩上。

他默默地看著窗外。在白花花的陽光下，鷹架上的工人一寸一寸地把大樓漆成乳白色。他們間或也交談著，用圍住脖子的毛巾擦汗。把門掩了起來的 B.Y. 的辦公室，使冷氣更加集中起來。他開始感到自己額頭上的汗水所凝聚起來的涼意。

楊伯良這才點明那將新來履任的艾德華・K・趙，是榮老董的表侄兒。「老董最近常問起你。其實，他挺賞識你的。」B.Y.說，「他常說，你的風度、才幹都不像是本省人。」黃靜雄想起有一次B.Y.把他介紹給這一貫神秘的榮老董。

「榮將軍您好。」黃靜雄說。楊伯良曾事先告訴他，老董喜歡人家以將軍稱之。

「好，好，」榮老董說，迅速地上下打量著他，「好，好，」他說，輕微地點著頭。

榮老董是個退職的將軍。他的面貌黝黑，粗濃的眉毛掛在墨鏡上，一頭銀白的粗髮。在第二次大戰的中國戰場上，他和當今莫理遜紐約總部裡的總裁Mr. Bottmore同事於一個中美合作單位。韓戰以後，Bottmore從五角大廈退休，以二次大戰在東方的經驗，到一家頂尖的軍火公司所屬的莫理遜公司亞太部任職，迅速竄升。臺灣莫理遜公司的籌設，便是由他一手擘劃。而Bottmore戰時的老友榮侃將軍，便被挑選爲至爲理想的名義上的中國股東和董事，使純粹的美資，成爲法律上的中美合作資本。

「只要Bottmore一天還當總裁，榮老董就是莫理遜在臺灣的老板，你明白吧？」楊伯良說，「洋總經理三、五年一個輪調，那沒什麼。榮老董需要我，我需要你，你明白吧？」

榮將軍需要他，黃靜雄自然明白。好幾次，楊伯良把榮將軍厚厚一疊發票，交給他。楊伯良什麼話都不必說，他就會把這些發票四平八穩地登上公司正當的開銷。楊伯良需要他，他自然也明白。「把這筆帳轉掉，」B.Y. 若無其事地說。他於是就會把帳合情合理地轉掉，即使紐約委託的查帳公司也無從查起。他也為楊伯良瞞著公司投資的幾家和莫理遜做生意的廠商做內帳。然而，這回他已經意興闌珊。「你明白吧？年輕人要學著沉著點兒，明白吧？不幹？不幹只有你自己吃虧，白吃虧，你明白吧？就是要幹下去，磨下去，久了，全是咱們的，你明白吧？」B.Y. 滔滔地、婆心苦口地說。他只是默默地注視著窗外，看鷹架上的工人頑冥地把一棟粗糲的大廈，一寸寸塗成乳白的顏色，在午後的陽光中，發出閃耀的亮光。然後，他走出辦公室，看也不看自己的座位，走向電梯。他回家了。

十年了，他想。十年來，他過著千篇一律的，上下班的生活。到臺灣莫理遜以前，他在兩家不同公司待過。五年前，他在這寬敞的、華麗的吹著實實在在的冷氣的辦公室裡，找到一張桌子。但是從來也不曾在應該是上班的，星期三的上午，一個人靜靜地待在家裡。對於「上班族」，家無寧只是一個旅邸罷，他想。十年來，他生命最集中的焦點，最具創意的心力，都用在辦公室裡的各項工作上。第一年，他從會計員升高級會計員；第三年，他升信用組主任；同年秋天，他調升表報組主任。

然後，他開始成爲野心勃勃的楊伯良的心腹。也就在那時，他開始熱心地想望副經理的位置。薪水高、配車子，這都還在其次。黃靜雄想望著副經理的椅子，還因爲工作會輕閒些。那時他就有時間和心思的餘裕繼續他在大學時代沒有拍完的一部紀錄片。

他於是站了起來。他一眼就可以看見靠在客廳右邊牆的他的書架上，一排破舊的、關於電影的書。羅塞里尼的專集三本，安德烈・巴桑等人關於費里尼、安東尼奧尼的研究論文集，以至於最初級的Young Film Maker。這些全是他在大學時代耽讀、並據以做夢的書。在大學的「影響社」裡，他是個沒有攝影機的拍片迷。他爲那些有攝影機的社員寫腳本，跟在他們後面謙卑而又熱心地提拍攝上的意見，幫他們做剪接，然後從試映室走出來，孤單地踩著破舊的腳踏車回家。就在那些孤單的、幾乎絕望地渴想著自己有一架攝影機的貧困的夜歸的時光，使他立定要以單車爲主題，拍一部紀錄影片的志向。他的第一個鏡頭，是從車把照下去的轉動的輪子，和不斷地輾過去的道路……

和美娟論及婚娶的時候，他在一家小小的廣告公司上班。美娟的家，一定要按照風俗收一點聘禮。他終於鼓足勇氣，向師專甫畢業的、很傳統地愛戀著他的美娟提起，請女方也以一個十八厘米攝影機做爲嫁粧帶過來。婚後，直到他進入臺灣莫理遜前的貧困的、甜美的兩年，他斷斷續續地拍了大約有五百呎的毛片。

就在昨夜，他才又想起整整擱置了四年許的毛片，和於今已嫌老式的攝影機。

——擱下那麼久了。趁著這一段時日，再拍個百來呎。

——從腳踏車的轉動的輪子開始，再照後座上的便當盒，然後讓騎單車的最低等的「上班族」逐漸沒入私家轎車、計程車和公車的街道中。然後，鏡頭調上矗立的、積木似的大廈的森林……

——Bertland，傢伙！竟而讓他騙了這麼多年，這麼多年。

——以後的生活嗎？美娟近三、四年來存起來的薪水，就是讓我閑個一年半載，應該是沒有問題的……

——上班，幾乎沒有人知道，上班，是一個大大的騙局。一點點可笑的生活的保障感，折殺多少才人志士啊。

——Bertland，我豈是好對付的嗎？我知道每一張發票，每一筆歪帳最眞實的故事。我知道你和海關、和幾家廠商最內幕的關係。哼，我豈是好對付的嗎？

昨夜他轉輾、反側地想。也不知過了午夜的幾時，才沉沉地睡去。他原想今早把封存著的攝影機取出來擦拭。但楊伯良今晨的電話，竟而使他鬆懈下來。下午擦吧，他想。他深深地坐在沙發上，逐一審視著被勤勞的妻收拾得窗明几淨的客廳。他想起剛結婚的時候，分租了一間僅僅夠擺一張新床、一張鏡台，兩個塑膠衣櫃的房間，和人共用一個廚廁、客廳。兩年以後，他在比較嘈雜喧鬧的小弄口，租到二十出頭坪的小房子，一廳一房，廚廁皆全。初爲女兒萱之的父親，也正在那個時候。進入臺灣莫理遜的第三年，他總算七拼八湊地背著利息，弄到了這間三十六坪的公寓。就這樣地，他在數不盡的上班和下班的生活裡，過了十年。他靜靜地坐著，注視著美娟的一盆雖然有些頹萎了的、卻仍不失人工荒趣的插花，無端地感到不能言說的、淒楚的空虛……

臨近中午的時候，他開始漫不經心地讀著巴桑的《電影論》。當他在這裡、那裡讀著類如這樣的句子：「……（《單車失竊記》）的論旨，就是如此奇妙地、令人忿然的簡明；在這個工人所生活的世界裡，窮人爲了生存，就必須相互偷竊……」；「義大利電影能在西方世界中擁有廣泛的道德觀衆，便是由於它對現實的刻劃之重要意義。當這個世界已經再度被仇恨、恐怖的鬼魂所祟；在眞實已不因其本身而受到喜愛；在眞實被視同某一種政治性的象徵而受到排拒、驅逐的世界裡，義大利電影在它所描述的時代中，發出了改造世界的人道主義底光芒……」他感到驚慌、生疏，甚至於忿怒了。他隨手把書扔到茶几上。他開始在客廳、萱兒的小臥室和廚房間來回地走，到處張望。然後他想起一些不常相聚的朋友，開始給他們撥電話。「忙不忙？」他說。「眞忙呀，」對方說，卻一點兒也不像在抱怨。「我現在正忙著做一個九百五十萬的廣告計劃，嘿，眞忙，」一個幹上業務推廣經理的大學前輩說，「我們要整個改變中國人的價值觀念和消費習慣，才能把這項美國進口的東西推出去。推出去！嘿，忙啊。」「怎麼，在家裡享清福呀？」一個專門收買臺灣的體育用品以出口的同學說。他當然沒有說他辭職不幹。他說他在渡年假。「啊，annual leave！你們高等上班的，就是比我們做生意的好。」對方說。他呵呵地笑，他說，「美國公司嘛，有制度。」他竟而有些得意了。「你去忙吧，」他寂寞地說。對方居然欣然地掛了電話，拋下一句：「這年頭，做生意不容易，就是忙死了，也只夠掙一碗飯吃罷了，嘿嘿……」

他忽然感到彷彿被整個世界所拋棄了的孤單。他這才想到：這一整個世界，似乎早已綿密地組織到一個他無從理解的巨大、強力的機械裡，從而隨著它分秒不停地、不假辭色地轉動。一大早，無數的人們騎摩托車、擠公共汽車、走路……趕著到這個大機器中去找到自己的一個小小的位置。八小時、十小時以後，又復精疲力竭地回到那個叫做「家」的，像這時他身處其中的，荒唐、陌生而又安靜的地方，只爲了以不同的方式餵飽自己，也爲了把終於有一天也要長成爲像自己同其遑遑然的「上班族」餵飽——養大……

就在他孤單地、無頭緒地想著的時候，電話竟唐突地響了起來。

「喂，」他說。

——Olive，沒有出去玩啊?

竟是楊伯良的電話。他忽而高興起來。

「沒有啊，這大熱天。」他說。

——中午我請吃飯。你挑個地方。

「謝謝，不用了，」他近乎反射地說，「怎麼就生分了?」

他話一出口，就覺得錯了。楊伯良，聰明玲瓏的人，當然不是不知道留下許多把柄在他手上。但願不要把他的推辭看做是威脅才好，他想。

「這樣的，是我才約好了朋友。我去不去上班，」他趕忙著說，「我對你，是一樣的。」

他噤著歎了一口氣。他不是個慣於說謊的人。但也曾幾何時，他竟學會了，在緊迫的關節上，虛情假意的話，順口就溜。

——好，好……

楊伯良似乎有些激動了。沉默了一會，說：

——好。其實，我有話要對你說。不過，也不急嘛，晚上聯絡。

楊伯良掛了電話。他這才感到饑餓。找個安靜的地方，一個人吃飯去，他想著。現在，他差不多有了眞正渡假的心情。他換好衣服，鎖上門。一出冷氣公寓，臺北夏天的悶熱和灰塵，猛然地撲面而來，他打開胸口上的鈕釦，瞇著眼睛在晒得燙人的紅磚路上走著。走不了兩步，他在一個小車牌邊的一棵楓樹的蔭影下，探著頭等計程車。他遠遠地向一輛漆著涼爽的藍色的計程車招手。當他跨上車子，他向司機挑了一條街。「過二段，靠近美國佛州銀行那兒，我下車。」他說。

車上的冷氣，逐漸又使他自在起來。然而，才沒幾年以前，他原是一個擠公車，甚而至於在大熱天走路上班的那一級屬的上班族。調信用組主任那年，由於信用調查上的必要，他的部分工作，便有外勤的性質，於是他有了坐計程車辦事、實報實銷的權利。這以後，坐車成了習慣，逐漸地把未必是因爲公事的車費，也塡到申請表上。他很快地變成一個不願意擠公車，不願意走路的人，甚至於十來分鐘的路，他也情不自禁地向駛過身邊的計程車招手。

他在佛州銀行門口下車。豪威西餐廳正好在銀行的頂樓。他挑了一個正好可以望見就在附近的、巍巍然的華盛頓大樓的位置，坐了下來。臺灣莫理遜公司，便在華盛頓大樓的九樓上。從頂樓上望去，外面的街景，對於黃靜雄，是很富於電影的趣味的。矗立於這二段接三段的十字路口周邊的，高低、形狀各異的大樓，在陽光下，帶著各自的幾何圖案似的陰影，穩固、安靜地站著。但是地面上卻是一片川流似的人和車的往來，在交通號誌的指揮中，尤其在俯瞰之下，自有一種韻律。而華盛頓大樓，因著它的赭黃色的大理石建材和獨到的設計，在日光下，尤其的出衆。豪威西餐廳的雙層玻璃窗，把原必十分嘈雜的市聲，全部摒斷於外。櫛比而來的車子、穿梭其間的機車、潮水似的人的流徙，在林立的、靜默的、披浴著盛夏的日光的高樓巨廈……都彷彿皆以窗爲銀幕，無聲地、生動地、細緻地上演著。他實在應該拍片的，他漫漠地想。

「先生，是吃飯還是喝飲料？」

「吃飯，」他說，依舊凝視著窗外。他掏出香菸，才知道沒帶火。「給我一包火柴好嗎？」他說著，抬起頭來。

他看見一張圓圓的、少女的臉。他微微地吃了一驚。他接過菜單。「A餐吧，」他說，把不曾打開的菜單又還給她。「今天是牛排還是豬排？」他說著，凝視著她。

「豬排。」她說。

「請你把豬排換一下，」他說，「換烙明蝦好了。」

「好的。」她說。她把菜單抱在胸前，正欲走開。

「小瓶的啤酒一瓶。」他笑著說，「新來的嗎？」

「是的。」她說。

她走開。他注視著她穿著觸地長裙的制服的背影。雖然身材和年紀怎麼也不像，但是這新來的女侍，卻驀然地使他想起一個叫做Rose的女孩。

也是渾圓的臉，也是微噘的、厚實的嘴唇，也是比較寬的、多肉的鼻子。Rose缺少像這新來的女侍那樣一開口就討人親近的潔白而又整齊的牙齒。當然，身世和職業的緣故吧，Rose卻具有這少女所沒有的、漫不經心的嬈媚。調任信用組主任不久，他驟然多了和廠商交涉應酬的機會。就在他生平第一次上沙龍的時候便認識了Rose。

「中國名字叫什麼？」他問。

「叫我Rose就行了，」她說，「你又不是查戶口的。」

探問淪落風塵的女子的眞名，是遊客的一忌——這是直到後來，他才懂的。然而，當時的Rose對於誤犯了禁忌的他，毫不介意。他們在昏暗的燈光中狎飲著。他原善於飲。正好是善飲的自信，使他在那次初涉風月的時候，有初客所不常有的自在。

「喂，你不會是朴子人吧？」

不時地凝視著他的Rose說。

「如果是呢？」他說。

她沒說話，默然地啣上一支菸。他為她點火，這才看見她那微噘的、厚實的唇。

從那以後，Rose不時的有電話來。有幾次是宿醉醒後打來的。

——電話就在床頭上。你一定很忙，我眞不應該打擾你。

有一次，她的聲音荒濁而淒楚。他聽見她在電話的那一頭辛苦地嗆咳著。

「少抽點菸啊。」他說。

她忽然哭了起來，她淒楚地、自抑地哭著。「怎麼回事？你怎麼回事？」他說。

然則她只是飲泣著。

——沒什麼啦。

她終於說。

「要不要我去看你？」他說。

——不要！這樣的地方，你以後少來。

他沉默地歎了一口氣。

——只要我打電話，你不嫌，就好了。

「隨時打來好了。」他說。

——儘量少打。我會儘量少打。

謝謝你哦。

她掛掉電話。

他開始吃第一道菜。這裡細嫩的牛舌冷盤，他素來喜歡。他慢慢地、精緻地喝下第一杯冷啤酒，然後他伸著脖子，在餐廳內找那個圓臉的女孩，卻怎也不見她的踪影。將近兩點的這時，豪威的客人逐漸地少了。斜後方的枱子坐著四個日本人，聒噪地談論著。

就這樣，在一段矜持之後，Rose迅速地滑入他的生活裡。他於是從一個謹愼的、謙卑的、擠公共汽車的職員，變成比較狡猾、世故、以計程車代步——而終於有了情婦的小主管。他招會買房子的時候，Rose自自然然地提了十萬元給他。

「這個不行。」他說。

她把支票塞進他掛在牆上的長褲口袋裡。

「需要的錢，我全預備好了。」他說。

「這十萬塊，替你蓋書房的兩面牆，」她一邊寬衣，一邊走進她的公寓裡的浴室。她關上浴室的門，「可不能用來蓋你們的臥室。」她在浴室中說，咯咯笑了起來。

半年以後，她忽然離開了。沒有爭執，沒有糾纏。後來他聽說她同一個美軍人員同居，終於一同離開了臺灣。開始的時候，他想一笑置之。但他開始不自主地想念她。後來，他發瘋似地想她。愛慾和妒恨苦苦地煎熬著他，他甚至常常不可自抑地在早上同事未來、下午同事都回家的時刻打她留下來的電話。那是蟫居著像 Rose 那樣的女子的公寓。

——Hello…

一個當然是陌生的女子的聲音。

「妳以爲一走就可以了事嗎?」他用英文說。

——你在講什麼呀?

對方用洋涇邦的英文說。

「你知道我在講什麼,蜜糖心兒,」他用英文說,「他×的,我想你啊……」

——寶貝,爲什麼不來看我,我叫朶麗。Come and try me…

對方吱吱咯咯地笑著。他掛掉電話,眼淚掉了一臉。

然而他的棘心、他的沮喪,並沒有繼續多久。他忽然意外地被擢升到表報組當主任。表報組是會計部副經理的跳板,有獨立的、稍小的辦公室,有車子。幾次公司內比較高層的工作會議,他也得以和各部經理——有時也同桃園工廠部的高層管理者一同列席。他彷彿是一夜間竄升起來,自然地高於一般同事。而距他只一步之遙的副經理的工作是統籌、調理和分析、報告的性質，比較空閒些。不料大學時代閱讀電影理論的一點訓練，在需要常常寫英文分析報告的工作上，倒有了很好的用途。對於他，更其重要的是，一旦他搬進那個辦公室，他便立刻可以繼續他那一擱就是十年的紀錄片製作。就這樣，他把 Rose 淡忘了。

當他把只吃了一半的烙明蝦推開時，一雙素白的手忽而伸了過來，輕巧地撤去盅子和盤子。他迅速地抬起頭。他又看見那張渾圓的臉了。然而，這時的這圓臉的女孩，即使任他怎樣深深地凝視，竟而已與從斑駁、塵封的記憶中尋回的 Rose 判若兩人。他嗒然地投目於窗外。陽光似乎尤其的白熱了。華盛頓大樓在白熱中兀自矗立著，「像一座大理石的現代雕刻」，Mr. McNell 曾說。

但是，那年秋天，出乎任何人意料地，當時的總經理 Mr. McNell 從扶輪社帶回來一個 Kenneth 趙，逕自派任楊伯良費盡心機和唇舌才奉准設立的會計部副經理。無需多久，Kenneth 是 Mr. McNell 的同性戀伴侶的事，不但傳遍臺北的高層企業管理者的社會，在臺灣莫理遜內部，謠啄和耳語也開始像初沸的水一般窒悶地、頑強地翻攪著。

但無論如何，這對於黃靜雄曾是一步之隔的機會，像一隻沒接好的球一般，打從他的身邊颯颯然飛馳而去。

那時候，受到挫敗的Bertland楊，像一條被激怒的毒蛇，迅速地把自己團團地圈了起來，準備一個致命的攻擊。他忙碌地佈署，像蛇一般不露聲色地工作著。首先，他以維護善良的風俗爲理由，使榮將軍很快地參加他顛覆 Mr. McNell 的陣容。然後，他開始扮演一位同性戀的同情者的角色，終於鼓舞他們賃屋同居。當 McNell 太太以一個受騙的太太加入了 B.Y. 所精心設計的陷阱時，厚厚的檢舉書便由榮將軍和 McNell 太太分別署名，告向紐約總部的總裁 Mr. Bottmore。

「請問您要咖啡還是紅茶?」一個年輕的、滿臉青春痘的男侍，卑屈地問。

「冰紅茶吧，」他說。

他看見那個圓臉的女孩，坐在陰暗的角落上，用報紙擋著光線，趴在枱子上午睡。他依舊記得 Mr. McNell 滿頭銀白的頭髮，大而微凸的眼睛，一八五以上的個子，老愛穿深色的瘦筒褲子。Kenneth 蒼白，略胖，端正卻說不上淸秀，聽說是韓戰的時候曾當過翻譯官。其後由 P. X. 轉到翰丁頓電子公司，在扶輪社的俱樂部碰到

Mr. McNell。

而Mr. McNell終於走了。走得令人難忘。

Mr. McNell毫不吝惜地付出巨額的瞻養費之後，和McNell太太離了婚。他也以哈佛大學博士的優雅，婉拒了總公司方面將他調派巴基斯坦的轉圜的餘地。他曾以十數年在跨國公司派到各洲、各國去擔任分公司經理的體驗，出版過三本由詩、散文、遊記和小說拼湊成的書，每年頗有一筆不大不小的版稅。而他拋棄了事業、妻兒，帶著青蒼、憂悒的Kenneth，漂泊到澳洲去。

黃靜雄斜對面的、就在B.Y.隔壁的副經理室，重又空了下來。一度擺盪得遼遠了的希望，忽而又近在咫尺。就在這一段日子裡，他忽然收到一封從美國寄來的、筆跡陌生的信。他狐疑地打開了，才知道竟而是Rose寫來的。

她告訴他，他有「六、七分像」她一個初中時代的理化老師。「他教我不要爲了貧窮而感到羞恥，」她寫道：「畢業以後，他跑到我們朴子鄉下，說我應該考女中，也說他要出學費。」可是「你畢竟不是我那終生不能忘懷的老師，我的心中的唯一的男子，」她寫著。當她被逼淪落的時候，她知道「他不會責怪我」。那時他早已因爲肝病英年而死。接著，Rose以近乎三分之一的郵簡，討論中國男人與外國男人孰優的問題：「中國的男子比較聰明，但都是三流的lover。他們不敢愛。愛起來條件又多。你也一樣……外國的男子，有的簡直生蕃一樣。但是他們很勇敢地愛。我先生Paul明明知道我的職業，肚子也懷著別人的小孩，可是他說他要我，跟我結婚……」「最後我來告訴你我的中國名字。我叫周阿兗。我的那個老師，那個我唯一的男子，是天下唯一告訴我周阿兗是好聽的名字的人。」她寫道：「我在中山北路做的時候，當然不能用這個名字，不是含羞，是十分的愛惜。」她的字大小不一，密密麻麻地寫滿了兩面郵簡。

信表上歪歪斜斜地寫著她在愛荷華的地址。他想立刻回一封充滿友情的信給她。但是拖了一天，拖了兩天，他在和Bertland楊緊緊地掛勾的日子裡，把她完完全全地忘了。

他點上一支菸，用左手緩緩地轉動著冰紅茶的玻璃杯子。他看見那懸浮的、小小的冰塊，卻兀自懸掛在中央，並不跟著茶杯轉動。「中國的男子……不敢愛。你也一樣。」他尤其清晰地記得這句子。他喟然地、孤單地對著自己笑了起來。

Mr. McNell 離職以後，紐約方面從印尼調了一個年紀只比 B.Y. 多出三歲，卻早早地禿了頭的、蓄著山羊鬍子的 Mr. Tolmann 來當臺灣莫理遜的老總。就是現在，他還記得楊伯良於是便變化做一隻狡慧的章魚，用長長的、無骨的、稠黏的觸腳，四方上下地向一望著精悍練達的塔爾曼先生觸探。直到有一天，B.Y. 終於拿到一大疊塔爾曼先生的帳單，交給黃靜雄做帳。

「這一隻，好養得很。」

楊伯良若無其事地說。但是整個眼尾、嘴角都洋溢了欣喜。「不挑食、大大小小，他都吃。」

楊伯良終於笑出聲來。而黃靜雄於是一步深似一步地，看見了企業的既深又廣的腐敗面，初時也不免使從教科書吸取滿腦子「美國企業是現代合理化管理的實現」一類的觀念的他，大爲吃驚。

去年春天，楊伯良，經常滿面春風的 Bertland 楊興致勃勃地告訴他，公司已經將他的基本資料和配車計畫，一併送請馬尼拉轉紐約核准。「這回我們鄰居是做定了，」B.Y. 說。那時候，他興致勃勃地上班、下班，工作的效率出奇的好。但是不到一禮拜，B.Y. 用內線電話把他請到 B.Y. 的辦公室。

「告訴你兩件消息，」B.Y. 說，「不太好的消息。」

他從容地笑著，側身坐在他的桌前。

「Mr. McNell死了。」

「哦！」他說。

「自殺。」B.Y. 以手爲刀刃，伸長自己的脖子，向右邊猛然地一拉。「吱——」

B.Y. 說。

「噢！」他說，搖著頭。

楊伯良讓了一支菸給他。他爲楊伯良點上火。

「另一個消息：總公司要各國分公司搞一個『成本撙節計畫』。」

「哦，」他說。

「要我們搞人事精簡。嘿，我只好把我隔壁的房間暫時再空一空，嘿。」

楊伯良向他眨眨眼，笑著。他一時竟也只好陪著笑了。

「放心，」B.Y. 說。

「嗯。」他說。

「放心好了，全是表面工作——誰說美國人不搞表面……？」B.Y. 壓低聲音說著，又復笑了起來。

他開始一小口一小口地啜著涼透了的紅茶。一直到今天，CRP（即「成本撙節計畫」的英語縮寫）果然——不，當然只是個「表面工作」罷了。楊伯良、榮老董這兩個無盡無底的坑洞留著不堵住，卻盡揀著紙張、原子筆一類的小項目去撙節。而他的會計部副經理，原以爲是煮熟的鴨子，不料竟飛了。

其實，他想，自己對於B.Y. 失去完全的忠誠和信賴，大約便從推行這個以他的升遷爲犧牲的CRP開始的吧。他轉過頭去，瞭望著依然在白熱的夏天的日光中矗立著的華盛頓大樓。他睜著眼去算數B.Y. 的窗子，上下、左右地數著，彷彿唯恐在一張巨大的報表上找錯了數字一般。

——B.Y.，你是個騙子呢。

他對著那個推想應是屬於楊伯良的窗口，默默地說。然而，他卻早已沒有了怒意。現在，拋棄了世界以爲珍貴的一切而漂泊的Mr. McNell和懷著感恩的愛行走於風月之中，並且無忌諱地斥責無勇、無義的男人之愛的Rose，在他的心中，逐漸浸拓開來。他忽然憂悒起來。他看看錶，已是三時許了。他揮了揮手。不知什麼時候醒來，正在和同伴玩牌的那個圓臉的女孩，走了過來。

「帳單。」他說。

「噢。」

她掠了掠及肩的頭髮，若有所思地說：

「他們說您是華盛頓大樓的……」

「是啊。」他說。

「華盛頓大樓的，」她一邊收拾枱上的杯子，一邊說，「是要簽帳呢？還是……」

「不，」他說，站了起來。「這回，我自己付。」

從豪威西餐廳回來，他竟睡熟了。醒來，已是下午五時許。他把放在衣櫃上面的壁櫥裡的攝影機取出，在客廳裡擦拭著。片子雖然有七、八年沒拍，但一年至少一次的保養，他卻從來不曾間斷過。萱兒和美娟先後回來以後，他的保養已經完成了。而這一日來令人惶恐、孤單和叫人陌生地安靜的他的家，便重又充滿了各種聲音：妻在廚房烹飪的聲音、萱兒的房間傳出來的電視卡通節目的聲音，以及在這些聲音中互相交換的談話。

晚飯有美娟刻意的豐盛。昨夜，他把自己想要放棄莫理遜的工作，稍事休息，並且趁便拍片的決定告訴她。不料她竟爽朗地、不假思索地說：

「那好。」

「爲什麼？」

「我以後再也不用擔心要參加你們公司的正式宴會，」她笑著說，「我穿不慣晚禮服。再說，我不像其他的經理太太能說流利的英文。」

他苦笑了。

「我們還有房子的利息要繳，」他說。

「什麼時候放電影呀？」小萱之說。每次看見黃靜雄整理攝影機和放映機的時候，她總是吵鬧著要看那一段他和美娟初婚以至於小萱之出生之時所攝的兩小卷記錄。

「吃飯，」美娟說，「吃過飯就看。」

「還有眼前這種生活……」他說。

「暫時還不是問題吧，」她說，「今天，我在學校裡想過。我們買架鋼琴，晚上收學生，很有一筆收入呢。」

他沒說話。他在昨日在盛怒中賭咒要辭職之後，立刻感到他其實早已落在重重的生活的，驅使每一個人去上班、下班的無形的巨大網罟之中，難於動彈。

電影是照例要看的。小萱之早已迫不及待的等著關燈。

他熟練地裝好片子，打開放映機的燈。「好嘍！」他說。小萱之「啪！」地關掉燈，急急忙忙地跳上她挑好的沙發上，睜大眼睛看著。放映機細細切切的聲音，充滿了整個客廳。

小小的銀幕上照出一條狹小的、古老的、零亂的巷子，鏡頭舒緩地向前推去，然後以一個優美的角度向右上迴旋。一個小小的陽台迅速調近，於是新婚不久的美娟從屋子裡走出，倚在陽台上。微風使她的頭髮不住地飄動著。她東張西望，表情有些僵木。

他笑了起來。

「那時你拚命叫我不要看鏡頭，擺自然些，」她說，「卻反而是這怪樣。」

鏡頭跳進屋子裡。美娟和她的女友坐在共用的客廳裡的沙發上，翻著照相本。翻的人和解說的人的動作，都顯得很誇大。然後他看見自己走進鏡頭裡，一派老練的大明星樣子。他看見那時的清瘦的、留著長髮的、年輕的自己，不慌不忙地把整個臉轉向鏡頭，表情嚴肅地說著話。背後的美娟和她的朋友，卻在摀著嘴笑，然後高興地鼓掌。

「爸爸在說什麼？」小女兒問。

「問媽媽。」他說。

「媽不知道，問爸爸……」她說。

他點上菸，深深地吸了一口。青色的煙，在放映機射出去的光簇中縈繞著。他記得很淸楚。那時他把攝影機在桌子上擱好，走進鏡頭裡。然後他對著鏡頭說：

——黃靜雄，中國未來的偉大記錄電影家，在他廿五歲那年結婚。就在這簡陋的公寓裡，黃靜雄拍下了他最初的作品……

「爲什麼那時候的生活裡，充滿了另外一種力量？」他低聲說。

「什麼？」她說。

他搖了搖頭，沉默地抽著菸。鏡頭不斷地跳著，流著。已經懷孕了的美娟，在田間走著；在床上翻閱育嬰的書；在翻弄由娘家縫製過來的娃娃衣裳。然後是在襁褓中張大嘴巴哭泣的萱兒……

然而忽然間，銀幕上跳進圓臉的、寬鼻的、噘著厚實唇的Rose。他大吃一驚，想關掉放映機，又迅速地想到這樣反而啓人疑心。

「誰呀，這是？」小萱之興味十足地問。

「對，這是誰呀？」美娟說。

他沉著地抽著菸。他告訴美娟這是一段影劇科學生的習作。因爲學生沒有放映機，向他借過機器放映。其後乾脆連片子也存在這兒。

「雖然是習作，在技巧上，還是挺穩的。」他淡然地說。

Rose在鏡頭上不時神經質地拉著當時流行著的迷你裙。她時而摸摸花瓶上的花，時而迅速地向鏡頭瞥一眼。她不是一個上鏡頭的女人。現在她側身坐在籐椅上，自然的光線照著她冬衣下豐美的體態。她似乎執意不看鏡頭，輕輕地晃動著疊在左腿上的她的右腿。然後忽然間，她嗔怒地隨手抓起一本厚厚的雜誌，向鏡頭用力擲來。片子也在那一霎時斷了，留下空白的銀幕和細細切切的放映的聲音。

小萱之開了燈。

「那是誰呀？」小萱之說。

「一個爸爸不認識的阿姨。」他說。

「她幹嗎把書丟過來呀？」

「因爲她不喜歡唸書，我猜。」他說。

美娟和小萱之都笑了起來。視他的「電影藝術」有若神聖的美娟，顯然對 Rose 的片段，毫無疑心。他開始把片子倒轉。放映機發出颯颯的、急速的聲音。

就在他突然接到 Rose 從美國寄信來的那天，他把鎖在辦公室的這個片段拿了回來，在妻兒未歸的時間中，一個人偷偷地放過一次。可是 Rose 用力擲過來的那一本書，卻一直到今天，才重重地打在他的羞愧的心上。

他記得很淸楚，在拍攝的時候，他要她慢慢地把衣服脫掉。

「不要。」她一邊遵守著「不許看鏡頭」的他的約束，僵木著脖子說。

「如果不要全脫，脫到內衣，也行。」他一邊拍著，一邊喁喁地說，「你的身體，很美呢。眞的。」

「不要。」她說。

「怎麼你也害羞呀?」他笑了起來。

他看見她忽然轉向鏡頭，用力向他擲來一本厚厚的書。他立刻停了下來。他看見她依然坐著，用兩手絞弄著衣裾，流著眼淚。

在那個時候，他有過憧憬；有過一顆在地平線上不住地向著他閃爍的星星；也有過強烈的愛慾。而曾幾何時，他成了副經理室閉了又開、開了又閉的那扇貼著柚木皮的、窄小的、欺罔的門的下賤的奴隸。他成了由充滿了貪慾的楊伯良所導演的醜陋而腐敗的戲曲中的，小小的角色。

一直到沐浴、更衣、上床的時候，他的心都懷著一份久已生疏的悔恨和心靈的疼痛，以及這悔恨和疼痛所帶來的某種新生的決心。

「暫時間，生活不會有問題的。」美娟在梳粧鏡前說。

他望著鏡中的美娟，沉默著。

「我看你有些心事。」她說。

「噢，沒有什麼。」他說。

沒有楊伯良、榮將軍，沒有腐敗的陰謀、沒有對於副經理的那黑色的假皮的坐椅的貪慾，生活會有多麼的不同啊。他沉默地想著。

就在這時候，床頭上的電話驀然響起。

——Olive……

是楊伯良的聲音。

「是啊，」他說。

——我剛剛從榮將軍的家回來。他說他那個寶貝侄兒早上打了越洋電話，說是不願意回臺灣來，向總公司辭職。

「哦。」他說。

——這個艾德華・趙，說是如果這時來臺灣，他好不容易就要等到的 Green Card 就會泡湯。嘿嘿。

「哦。」

——不說這了。你只不在一天，我才發覺 Joe, Nancy 全部派不上用場。表報一場糊塗呀……

「哦。」他說。

——你說什麼？

「我明天去看看！」他大聲地、生氣似地說。

楊伯良在嘿嘿的笑聲中，掛了電話。美娟安靜地凝望著他。

「誰？」她說。

「Bertland，」他說。

她又轉身去看鏡子。她說：

「要你回去？」

「嗯。」他說。

「他們少得了你麼？」

她對著自己在鏡中的、卸了粧的臉，得意地笑著。然而她看見原已斜臥在床上的他，匆匆地爬了起來，走出臥室。

「什麼事？」她說，「大門我關好了。」

她看見客廳的燈亮了起來。過了一會，她又說：

「你在幹什麼呀？」

「把攝影機和放映機收起來。」

他低聲說。

「噢。」她說。

——一九七八年九月《雄獅美術》九十一期

洪範文學叢書 303
陳映眞小説集 3〔1967–1979〕

上班族的一日

著　者：陳映眞
發 行 人：孫玟兒
出 版 者：洪範書店有限公司
臺北市廈門街一一三巷一七—一號二樓
電話（〇二）二三六五七五七七
傳眞（〇二）二三六八三〇〇一
郵撥　〇一〇七四〇二—〇
行政院新聞局局版臺業字第一四二五號
法律顧問：陳長文　蕭雄淋
初　版：二〇〇一年十月

定價二二〇元
（缺頁破損裝訂錯誤請寄回調換）

ISBN 957-674-217-X

國家圖書館出版品預行編目資料

上班族的一日／陳映真著.--初版.--臺北市：
洪範，2001〔民90〕
面： 公分.--（洪範文學叢書；303）（陳映真小說集；3）
ISBN 957-674-217-X(平裝）

857.63 90016095